Mizuki & Kurosu
「気がついたら幽霊になってました。」

Chara

気がついたら幽霊になってました。

成瀬かの

キャラ文庫

この作品はフィクションです。
実在の人物・団体・事件などにはいっさい関係ありません。

目次

気がついたら幽霊になってました。

口絵・本文イラスト／yoco

てんつくと祭り囃《ばやし》が鳴っている。

田圃《たんぼ》しかない田舎の夜は真っ暗だった。闇の中、提灯の灯された神社の周りだけが明るく浮かび上がっている。

父に手を引かれ畦道《あぜみち》を歩く香月水葵《こうげつみずき》は初めて着せてもらった法被《はっぴ》にはしゃいでいた。早く神社に行きたいのに、父は下が暗くて危ないからと急ごうとしない。焦れて父の手を振りほどき夜道を走り出したのはいいものの、足下が全然見えなくて田圃に落ちて大泣きした。それが水葵の最初の記憶。

ちっちゃな頃の水葵は天使だったらしい。おまえは誰とでも仲良くなる子でいつも友達の輪の中心にいたんだよとよく言われる。でも、大勢いたという友達の事を水葵はほとんど覚えていない。記憶にあるのは、父が母を怒鳴りつける声ばかりだ。

何を言っているのかよくわからなくても怖くて、水葵はよく押入に潜り込んで涙をこぼした。成長するにつれて実態は悪化し、小学校に入ってすぐ母は水葵を連れて家を出る事となる。

そして水葵はますます明朗活発ないい子になった。

定期的に会っていた父と父の親族が、母の悪口を吹き込もうとしたからかもしれない。母が謂《い》われない非難を浴びないためには、水葵は完全無欠のいい子でいなければならなかった。とはいえ苦手な勉強はどうにもならなかったけれど。

視界の端で、はらはらと何かが散っている。薄桃色に色づいたあれは桜だ。

春だった。高校の入学式。

同級生たちに混じり廊下を流れてゆく水葵の瞳は、新しい学校生活への期待と興奮できらきら輝いていた。

買ったばかりの制服はまだ軀《からだ》に馴染《なじ》んでいない。この頃の水葵は小さくて線も細く、女子に混じっても違和感がなかった。襟足は短く前髪は長めに流している髪型もショートヘアの女の子のよう、顔立ちも小作りに整っている。

だけど、動き出せばそんな可愛らしさは払拭された。大口を開けて笑う顔はいかにも大雑把かつ人懐っこそう。本当は結構繊細で、大事な事は抱え込んでしまうところがあるけれど、そんな事、誰にも教えるつもりはなかった。なんだって頑張れば自分でなんとかできると信じていたからだ。この頃は、まだ。

割り当てられた教室に辿《たど》り着いた水葵は勢いよく引き戸を開け——動きを止めた。

——誰だろ？

窓際に、とても同い年とは思えない大人びた風貌の男が座っていた。風に煽《あお》られた桜が舞い散る青い空に、黒い学ランに包まれた長身がくっきりと浮かび上がっている。

他より頭一つ分大きい恵まれた体軀《たいく》が静かに周囲を威圧していた。

スクエア型の黒縁眼鏡をかけた顔立ちは知的で、品がある。

後でわかったけれど、見た目通り、この男は文武両道に優れていた。水葵とは――同級生の誰とも、比較にならないほどに。

友達になりたい。

水葵にとって友達は作るのではなくできるもので、逆に言えばあまり一人の人間に執着を持った事はなかったのだけれど、彼――黒須《くろす》一志《かずし》を見た刹那、水葵は強くそう思った。

でも、窓枠に肘を突いてグラウンドを見下ろす黒須は新しいクラスメートたちに目もくれない。目には荒んだ色が浮かび、不機嫌に引き結ばれた唇はすべてを拒絶しているようだ。

幸運にも席は出席番号順に割り振られており、水葵の席は黒須の後ろだった。

おはよう、これからよろしくと声を掛けると、黒須はちらりと水葵を一瞥《いちべつ》し、すぐに何事もなかったかのように窓の外へ視線を戻した。

浮かれていた気持ちがすっと冷える。

少し傷つきつつ席についたところで声が聞こえた。

「……はよ」

ぶっきらぼうな、小さな声。

彼だ。返事をしてくれた。

水葵は頬をほころばせた。

頬杖を突き、目の前にそびえる広い背中を見つめる。楽しい三年を送れそうだと思った事を、今もはっきりと覚えている。


——黒須に興味など持ちさえしなければ、あんな思いをしなくてすんだのに。

これも運命だったのだろうか。


黒須が、教室の窓から見える大きな病院の院長の息子だという事は、入学初日に知った。ぼんぼんのくせに中学では素行が悪くて、しょっちゅう呼び出しを食らっていたという事も。

ただでさえ軀が大きく、いつも怒っているような顔で周囲を威嚇しているせいで近寄りがたいのに、入学して一週間も経たないうちに黒須は頬骨の上に痣《あざ》を浮かせて登校してきた。薄い唇の端に至っては、切れて痛々しく腫れている。噂《うわさ》によると生意気だと因縁をつけてきた上級生と殴り合ったらしい。それで黒須はますます遠巻きにされるようになってしまった。水葵の知る限り、友達なんか一人もいない。

馬鹿だなと最初水葵は思っていた。喧嘩《けんか》なんかしたっていい事は一つもない。痛いし、周囲の評価が下がる。おとなしくしていた方が断然楽だ。

でも。

「そういえばこのテスト、学年一位は黒須だったらしいよ」

夏が近づきつつある頃、何となく一緒にランチを食べるようになった南《みなみ》にそう教えられ、水葵は愕然とした。弁当を広げた机の上には、前の時間に返されたばかりの答案がある。答案返却と同時に発表された平均点に、水葵は打ちのめされていた。勉強は、特に理系の教科は、苦手だった。

「何で知ってるんだ？」

「職員室行った時、先生たちが喋《しゃべ》ってた」

「でもあいつ、授業聞いてないんだろ？」

茶色い髪をつんつんさせた加瀬《かせ》が黒須の方へと目をやる。

黒須はつい昨日もちゃんと教科書を開いて授業を聞けと怒鳴られて、無言で教室を出て行ってしまったばかりだった。

「あ、おまえ後ろの席だから見えないのか。あいつ、授業を聞いてないかわりに、すげー難しそうな参考書読んでるぜ」

「何それかっこいい」

闇雲に教師に逆らって転落して行くならただの馬鹿だ。でも、トップの成績を保っているなら話は別だ。

水葵も振り向いてみると、黒須の机の周りを他のクラスの女子が囲んでいた。見目がよくて大病院の跡継ぎだという噂があるからだろうか、時々ああいう輩《やから》が湧いて出る。

媚《こ》びを含んだ甘い声が水葵たちの席まで聞こえてきたけれど、黒須はちやほやされても舞い上がったりしない。視線も合わせず無視して、それでも相手が諦めないと、席を立って出て行ってしまう。

ほら、また。

がたん、と音を立てて椅子を引くと、黒須は弁当が入っているのだろう鞄《かばん》を手に教室を出て行ってしまった。

クール《かっこいい》だ。

聞くところによると、黒須は怪我こそするものの喧嘩で負けた事がないらしい。

喧嘩に強くて誰にも媚びない黒須は、大人の顔色を窺《うかが》う事に慣れた水葵には最高に小気味よく思えた。

だから。

「――決めた」

まだ半分も食べていない弁当箱の箱を閉め、水葵は立ち上がった。

「決めたって何を?」

「どこ行くんだよ、香月」

友人たちが怪訝《けげん》そうに見上げてくる。ランチ用のトートバッグの中に弁当箱とテストの結果を詰めた水葵はにっと唇の両端を引き上げた。

「あいつ、ナンパしてくる」

こういう時、黒須がどこで弁当を食べているか、水葵はすでに知っていた。校舎の屋上だ。

「――――はあ⁉」

驚愕《きょうがく》する友人たちを残し、水葵は教室を飛び出す。

今思えば、まるで漁《いさ》り火《び》に群がる魚のようだった。誘うように揺らめく綺麗《きれい》な光以外目に入らない。いや、目に入ったとしても、光に向かってまっすぐに泳いで行かずにはいられない。

多分、この時を逃しても、いつか水葵は黒須にアプローチした事だろう。

「――黒須！」

階段を駆け上り、重い鉄の扉を体当たりするようにして開く。勢いのつきすぎた扉が壁にあたって跳ね返り、暴力的な騒音を立てた。

「……香月？」

黒須はコンクリートの手摺《てす》りに座り金網に寄り掛かっていた。

「お、名前覚えててくれたんだ」

「……出席番号が続いてるんだ、誰だって覚える」

初夏の陽射しは強かったけれど、風が気持ちよくて水葵は目を細める。近づいていって勝手に隣に座ると、黒須はいやそうに尻をずらして間を開けた。

「——何だ」

「黒須、すごく頭いいんだろ？　勉強、教えてくれよ」

「は？」

トートバッグを開け、弁当と一緒に持ってきた答案を渡す。素晴らしい点数を見た黒須が吹き出した。

……黒須が、笑ってる。

考えてみれば入学してからこの方、黒須の笑顔など見た事がなかった。笑うなと怒るのも忘れ、水葵はしげしげと見入った。そうしていると黒須も年相応の少年に見えた。

「何だよこれ、酷すぎるだろ。俺なんかに頼まず、予備校に行け」

「うち、母子家庭なんだ。親に負担を掛けたくない。あんた、部活に入ってないし、放課後暇だろ？　遊ぶ友達もいないみたいだし」

「……おまえな」

睨まれて水葵はちょっと怯んだ。でも、全部本当の事だ。だから水葵は黒須に声をかける気になったのだ。腰を据えて交渉するつもりで食べかけの弁当を広げると、黒須はぎょっとした。

「ここで昼飯食ってく気なのか？」

水葵は、頷《うなず》く。

「勉強会の打ち合わせが必要だろ？」

「まだ引き受けるなんて言ってない。それに、俺なんかと一緒にいない方がいいんじゃないのか？」

「何で？」

お握りをくわえたまま黒須の方を向いて首を傾げると、苦虫を嚙《か》み潰したような顔をされた。

「……別に、いいならいい」

諦めたような溜息《ためいき》をつき、黒須も大きな弁当箱の中身を口に運び始める。手の込んだおかずが彩りよく詰められた箱は、本物の重箱のようだ。料理上手なお母さんだなと思っていたら、お手伝いさんが作ってくれているらしい。

「なあ、授業中、他の勉強してるって本当か？」

ついでにそのロールキャベツ俺の唐揚げと交換してくれとねだると、黒須は黙ってタッパーの中に料理を置いてくれた。

「ああ」

「何でだ？」

「教科書読めば十分でわかるのに、一時間もかけて下手くそな説明を聞くなんて効率が悪すぎるだろ」

水葵は弁当を食べる手を止め、まじまじと黒須の顔を見つめた。

「……黒須って本当に頭いいんだな」

黒須がふんとそっぽを向く。照れてるのか？　と聞いたら、肘で小突かれた。

それから、放課後に勉強を教えてもらうようになった。屋上に追いかけて行けば昼食にもつあってくれる。黒須は校内に蔓延《まんえん》していた噂ほど怖い男ではなかった。喧嘩だって、売られたから買うまで、自分からふっかけた事はないと言う。明日は母が出張だから昼はコンビニ弁当だと言ったら、水葵の分の弁当も作ってもらってきてくれた事もあった。

黒須と一緒に過ごす時間は心地よかった。ふとした瞬間にスペックの違いを感じる事があったけれど、黒須も水葵も気にしなかった。

いや違う。

黒須は本当に気にしていなかったのだろうけれど、水葵は気にしない振りをしていた。一緒にいたかったからだ。

大好きな映画シリーズの新作が来たからと誘うと黒須は応じてくれた。近所の神社の祭りにもつきあってくれた。やがてちょっとした買い物に連れだって行くようになり、クリスマスや誕生日にはささやかなプレゼントを贈りあった。

水葵といる時も黒須は不機嫌そうな顔を保とうとしていたようだけれど、時々――ほんのごく稀《まれ》に、笑顔を見せた。そういう時、水葵はぞくぞくするほどの喜悦を覚えた。

この男のこんな顔を知っているのは、きっと自分だけだ。

いびつな優越感に浸る水葵はまだ気づいていなかった。

己の感情がいわゆる『友人』の範囲から逸脱しているという事に。


ちらちら、ちらちら。まだ何かが舞っている。

変だなと水葵は思う。なんだかとても変な事が起こっている。


ふっと意識が浮上する。

――俺は一体何をしていた？

春を告げる小鳥のような少女たちの笑い声が聞こえる。それから、耳に心地いい男の声も。

ああ、黒須の声だ。

机に突っ伏していた上半身をのろのろと起こす。軀の下にはノートとテキストが開いたままになっていた。きっと頬にくっきり跡が残っている事だろう。でも、今はそんな事はどうでもいい。

窓から差し込む眩《まばゆ》い陽光に目を眇《すが》めつつ、水葵は黒須の姿を探す。早く見つけねば消えてしまう――そんな得体の知れない焦燥を覚えながら。

俺、どこにいるんだっけ。

水葵と黒須の鞄が乱雑においてあるだけで、教室内はがらんとしていた。ここは自習用に開放されている空き教室で、放課後、黒須に勉強を教えてもらうのによく利用していた場所だと、今更ながら思い出す。

いつもなら静かなのに、黒須は女子生徒たちに囲まれていた。

トーンの高い声が頭に響く。水葵は眉間《みけん》に皺《しわ》を寄せ、黒須のスラックスの膝を摘《つま》んだ。

「黒須、女子ばかりじゃなく、俺もかまえ」

女子生徒が唇を尖《とが》らせる。確か、進級と同時に同じクラスになった子たちだ。でももう、名前すら思い出せない。

「いいじゃない、少しくらい黒須くん貸してくれても」

冗談めかして笑っていたが、彼女たちの目は笑っていなかった。水葵が黒須につきまとう彼女たちを邪魔だと思っているように、彼女たちも水葵を目障りだと思っているのだ。

水葵とつきあい始めてから黒須の雰囲気は穏やかになった。棘《とげ》だらけの鎧《よろい》を脱いだこの男を女たちが欲するのは当然だった。黒須は見るからにいい男で、成績も家柄もよく、将来有望なのだから。

水葵はちゃんと理解していた。

いつか黒須は彼女たちの誰かを選ぶ。水葵には決して見せないような優しい手つきで触れ、愛を囁《ささや》き——結婚する。

ちりちりと胸が痛む。そんな日など永遠にこなければいいのにと思う。

そうしてようやく水葵は気づいた。ただの友人の未来に思いを巡らせ、憂鬱になるのは変ではないかと。

強すぎる執着を自覚しさえすれば、おのずと曖昧に止め置かれていた気持ちが形を成す。

好き。

水葵は再び突っ伏したくなった。黒須を好き？　なんて身の程知らずなんだろう。

自分は男で単なる友だち、黒須が自分にそういう目を向けてくれるわけがない。

――だけどまだ、黒須に彼女はおらず黒須の一番は水葵だった。

「悪いが、香月の勉強を見てやる約束だから」

険悪な雰囲気を察した黒須が、当然のように水葵に助太刀してくれる。

「って事だから」

黒須に選ばれたささやかな優越感ににへらと笑うと、女たちが気色ばんだ。

「ずるーいっ！」

「黒須くん、香月くんに甘過ぎじゃない？」

黒須が軽く腕を折り、腕時計へと目を遣る。シックなデザインの腕時計は学生が持つにはとんでもなく高価なブランド物だという噂だった。

「悪いけど、時間がなくなるから」

ここでゴネても不興を買うだけだと察したのだろう、女子生徒たちは不満そうにしつつも教室から出てゆく。

「サンキュ」

女たちを追い払ってくれた事について礼を言うと、黒須はそっぽを向いた。

「別に」

いつもの静寂が戻ってくる。

放課後の喧噪《けんそう》も校舎の端にあるこの空き教室にいれば遠い。

机を二つくっつけて隣り合わせに座り、迫り来つつある受験勉強に集中する。大きな手でちまちまと辞書をめくる黒須の生真面目そうな顔を、水葵はこっそり盗み見る。

この秘め事めいた時間を水葵は何より大切にしていた。

詮索好きな同級生たちの視線から解放され、黒須と二人きり。水葵には理解不能だった問題を解き明かす、深みのある声だけに耳を澄ませられる。

ずっとこうしていられたらいいのに。

テキストをめくっていると、黒須がぽそりと呟《つぶや》いた。

「そうだ、母さんが今度家に遊びに来いってさ。――これ、ここが間違ってる。やり直し」

不意に伸びてきたシャーペンの先が途中式の半ばをとんとんと叩《たた》く。

「ん。でも、急に何で」

「俺の友達の顔を見ておきたいんだと思う」

何でもない事のように黒須が言う。黒須もまた、友達の前で親の話をする事に気恥ずかしさを感じる年頃であるはずなのに落ち着き払っている。

「ふうん。まあ、いいけど……何着てけばいい？」

一足先に大人になりつつあるように見えるこの男を見ていると、水葵はいつもひどく心許ない気分に襲われる。そんな気持ち、絶対に明かせないけれど。

「別に制服でいいと思うけど、何でそんな事を聞くんだ？」

「だっておまえの家、大豪邸だし。庶民的な格好で行っていいのかなって普通思うだろ？」

長い腕が、背中を叩いた。

「思うか、ばか」

ばか、か。

親愛のこもった仕草に、鼻の奥がつんと痛む。

変だな、と水葵は思う。何で俺は泣きそうになっているんだろう。

わからない。わからないけど。

「――そうか。俺は、本当はずっとあいつに会いたかったんだ」

ほとんど無意識に唇から言葉がこぼれた。その刹那、やけに色の濃い桜のはなびらが視界を覆った。思わず強く目を瞑《つむ》った次の瞬間、景色が変わる。

古い、けれどかつては豪奢《ごうしゃ》だったろう部屋の中に水葵はいた。何となく大正を思わせる調度の数々は埃《ほこり》をかぶり、荒れ果てた雰囲気が漂っている。

羽織っていたはずの学ランは消えていた。学校指定のシャツの袖も短くなり、スラックスの肌触りも夏服のようだ。目の前にはどことなく黒須に似た、恰幅《かっぷく》のいい男が立っている。きちんとしたスーツを身に纏《まと》い、上品そうな口元に淡い笑みを浮かべたこの男は——だ。

嫌悪感に膚《はだ》が粟《あわ》立つ。思わず後退《あとずさ》ると同時に、先刻より濃さを増したはなびらが散り、また場面が移り変わった。

今度は夜のようだった。

背中を丸めタクシーを降りた水葵はカーディガンをしっかり胸元に抱いている。額には脂汗が浮いていた。カーディガンで隠しているがスラックス前は勃起した性器のせいで見ればわかるほど膨らんでいる。

軀が熱かった。

注射針を打たれた痕も痛むし、後ろからとろとろと溢《あふ》れたもので下着も濡《ぬ》れている。心臓はまるで早鐘のよう、早く家に帰りたいと気が急くのに、足がもつれてうまく歩けない。

——忘れろ。忘れるんだ。犬にでも嚙まれたと思えばいい。女の子じゃないんだから、これくらい何でもない。大丈夫だ。大丈夫。大丈夫。

マンションのエレベーターに乗り込みフロアボタンを押すと、水葵は壁に寄り掛かって軀を支えた。うちに帰ったらすぐバスルームに飛び込むつもりだった。シャワーを浴びて、何もかも洗い流す。ついでに抜けば下腹部の不自然な充血も鎮まるだろう。ベッドに潜り込んで眠ってしまえば、翌朝には痛みも消えているに違いない。明日には何事もなかったような顔をして日々を送れる——そう、思っていたのに。

エレベーターを降りたら黒須がいた。制服姿のまま、水葵のマンションの壁に寄り掛かってスマホをいじっている。

——え？

無骨なエレベーターの音に気づき上がった顔に滲《にじ》むような笑みが浮かんだ。心を許した相手だけに見せる柔らかな表情は、水葵の胸に締めつけられるような痛みを与えた。

「香月？　どうした、気分が悪いのか？」

優しい声音に、かろうじて保たれていた何かがぽきんと折れる。

なんでこいつがここにいるんだ？

水葵の中で時が巻き戻される。まだベッドにいるような錯覚に襲われ、水葵はわなないた。

——たすけて。黒須——頼む、助けて——。

さっきまで——あの男に玩具にされている間中、水葵はこの男の事ばかり考えていたのだ。

片手で口元を押さえる。過剰に分泌される涙液に視界がゆがんだ。

やめろ。考えるな。何もかももう終わったんだ。全部忘れろ。忘れろって言ってんだろ！

ふと気がつくと黒須が目の前にいて、水葵はぎくりとした。

「ひどい顔色だ。おい香月、聞こえるか？　おい？」

頼りがいのある大きな手が肩に回される。それだけで堅く強張っていた肩から力が抜けてしまった自分がおかしくて、水葵は唇を歪《ゆが》めた。

大好きなお友達。でも、困った時にいつも傍にいるわけじゃないし、すべてをわかちあえるわけでもない。

水葵の脳裏には、さっきまで水葵を弄んでいた男の顔が浮かんでいた。男は笑っていた。

誰も君の言う事なんか信じやしないよ。それに君は——の——を、——する気かね？

喉が引《ひ》き攣《つ》ったように震えた。

「香月、鍵はポケットか？」

手早くポケットの中を漁って鍵を見つけだすと、黒須は水葵を抱えるようにして歩き出した。おそらく媚薬《びやく》の類なのであろうクスリのせいか熱っぽく、水葵はふらふらと黒須に従う。

いいな、とぼんやりと水葵は思った。

黒須は強い。誰が相手であろうとも、己の正義を貫く強さを持っている。理不尽な目に遭わされたとしても、きっちり返礼してのける事だろう。でも、水葵は薄汚い野良犬だ。蹴飛ばされても悲鳴を上げて逃げる事しかできない、ちっぽけな存在。

黒須が部屋の鍵を開け、お邪魔しますと小さく言い置き玄関に入る。靴を脱ぐために立ち止まってふと目を上げると、黒須が膚に浮かぶ汗を拭ってくれようとしていた。

「あ……っ」

黒須の指を感じた瞬間、甘いおののきが膚の下を走り抜ける。動揺した水葵は黒須の手を振り払い、ついでにシューズボックスにぶつかって大きな音を立てた。

いけない。これじゃ黒須が気を悪くすると頭の隅で思ったけれど、フォローできるだけの余裕はない。

どくんどくんと心臓が拍動する。黒須に触れられた刹那、体温が一気に上がっていた。

——欲しい。

水葵は慌てて黒須から顔を背け、カーディガンを抱く手に力を込める。

——もっと触ってもらいたい。

「——水葵」

黒須はシューズボックスに寄り掛かったまま動こうとしない水葵の腕を痛いほど強く摑《つか》み、抱え込むようにして歩かせた。自分の部屋に入るとほっとして、水葵は黒須を押しのけへたりこんだ。

手を貸してくれてありがとう。でも、今日は体調が悪いから帰ってくれと言うつもりだった。

このまま一緒にいたら、馬鹿な事をしでかしてしまいそう。そんな予感があった。

でも、何を言うより先に肩を押され、水葵はシーツの上に仰向けに倒れていた。ぎしりと音を立てて片膝《かたひざ》をベッドの上に突いた黒須が、カーディガンを抱いたままの水葵を見下ろしている。

「な、に……？」

「これは何だ？」

黒須が水葵の髪を摑んで頭の向きを変えさせ、首筋を露わにした。

水葵ははっとしてうなじを押さえた。そういえばあの男はそこを痛いほど強く吸っていた。もしかして、痕が残っていたのだろうか？

「虫刺されとかベタな嘘《うそ》つくなよ？　これ、キスマークだよな。おまえ、誰とどこで何して来たんだ？」

責めるような声に、血の気が引く。どうやら黒須は水葵が自ら望んでこんなものをつけられたのだと思っているらしい。

仕方がない。キスマークは好きあう相手とセックスした印。ましてや水葵は男子高校生だ。レイプされそうになった痕だなんて普通思わない。黒須は悪くない。

傷つくような事じゃない。ちゃんと全部わかってる。——わかってるのに。

視界が滲む。胸が痛くて痛くて死にそうだ。

「あんたには関係ない。どけよ」

水葵は黒須を押しのけ、逃げ出そうとする。でも、黒須は水葵を乱暴に引き戻し、ベッドの上に押さえつけた。カーディガンを引っ剝《ば》がされ、ズボンの上から屹立《きつりつ》を鷲摑《わしづか》みにされる。

「それに、どうしてここがこんなになってる……！」

「あ……っ」

痛みと共に走った快感に鼻に掛かった声が漏れ、水葵は両手で口元を押さえた。

もうだめだ。

怖くて、黒須の顔を見る事すらできなかった。蔑むような視線を浴びても、ソレは萎える気配さえない。

人前でここをこんなにしているなんて、なんて恥知らずな奴だと思われたに違いない。そう思ったら、いやな記憶の数々がぶわっと頭の中に溢れ出した。おっ勃てただけではない、水葵はさっきまであの男の前に膚を晒《さら》していた。自分の意志ではないとはいえ軀のあちこちを触られて快楽を覚え、声を上げさえした。

今まで大切にしてきたものが粉々に砕け散る音が聞こえたような気がした。

自分がひどく穢《けが》らわしく思えた。黒須がこの変化に気づかないとは思えない。きっともう、傍にもいさせてもらえなくなる。

——どうせ、嫌われるのなら——。

胸の裡《うち》に、ぽっと黒い炎が生まれた。

多分この時、水葵は少しおかしくなっていたのだと思う。

一度きつく目を瞑ると、水葵は黒須をまっすぐに見上げた。唇の両端をゆるりと上げる。やけに色めいた姿に、威圧するようだった視線が揺れた。

「ここがこんなになる理由なんて、したいからに決まってるだろ。欲求不満なんだ」

水葵は傍に転がっていた枕を引き寄せ、しどけない仕草で寄り掛かる。

黒須が手を引いた。信じられないものを見るような目をしていた。

「さっきまである人と会ってたんだけどさ。ベッドに押し倒してキスマークまでつけたくせに、最後までしてくれなかったんだ。なあ、黒須、代わりに抱いてくれない？　軀が切なくてたまらないんだ」

――一度だけで、いい。あんたに抱かれてみたい。

淫蕩《いんとう》に笑んでみせると、今度は黒須が目を逸らした。胸が張り裂けそうに痛んだけれど、水葵は指が震えるほど強くシーツを握り締めこらえる。

「ある人って、誰だ……？」

「俺より倍以上の年のおじさん。すごい金持ちらしい。俺に家一軒貢いでくれるって――！」

最後まで言うより早く、黒須の手が水葵の口を塞いだ。自分から聞いてきたくせに、黙れとばかりに。

冷たい目に見下ろされ、水葵は竦んでしまう。

――本当の事だった。水葵が連れ込まれた瀟洒《しょうしゃ》な洋館について、あの男は先代が愛人を囲うのに使っていた離れだと言った。うまく言う事を聞かせられるようだったら水葵のために使うつもりだったらしい。もちろん、願い下げだったけれど。

「誰が相手でもいいのかおまえは！」

「……そ。気持ちよくしてくれるなら、誰だっていい」

嘘だ。黒須以外の奴には触れられるのもいやだ。でも、本当の事を黒須が知る必要はない。最初から水葵の秘めた想いは成就する事なく散ると決まってた。黒須と水葵とでは生きる世界が違う。高価な腕時計。不良ぶっていても育ちのよさが滲み出てしまう物腰。使用人が作ってくれるのだという、豪華な弁当。

何でもない事のように流しながらも、水葵はそれら一つ一つに黒須との差異を感じていた。父の親族たちも、育ちが卑しいと母を嘲っていたからだ。母には恥じるような瑕疵《かし》など何一つなかったのに。

この世は理不尽だ。平等だと謳《うた》われてはいるけれど、目に見えない格差は厳然としてある。来るべき時が来ただけだ。ずるずると友達ごっこを続けて、いつか送られてくるだろう結婚式の招待状に打ちのめされるより、今終わりにした方がきっといい。

乱暴にベルトが抜かれ、下着ごとスラックスが引き下ろされた。布が膚の上を滑る些細《ささい》な刺激すら気持ちいい。劣情に今にも弾けそうになっている下肢が剝《む》き出しにされ、割れ目にとろりと滲み出た蜜を指の腹で拭い取られたら腰が震えた。

膝裏を押し上げられ、後ろの蕾《つぼみ》が晒される。そこは内側から溢れた液体でしとどに濡れていた。

「中が疼《うず》くんだ。黒須、頼む――ここにあんたの、食わせてくれよ……」

お願いだ。一度だけで、いいんだ。

汗が膚を伝い落ちてゆく。

こくりと唾を飲み込む音がした。必死の祈りが通じたのか、黒須の指が入ってくる。

「ふは、は……きもち、い……」

甘い吐息が漏れた。

たっぷり注入された薬液のせいだろうか、それとも触っているのが黒須だったからだろうか。

本当にすごく気持ちいい。

時間を掛け指で後ろを慣らした後、黒須は水葵を貫いてくれた。

初めて味わう苦痛に軀は悲鳴を上げたけれど、水葵はもっとしてと黒須にねだった。誰でもくわえこむビッチのようによがってみせ、黒須の指を舐《な》めて挑発した。

そうつらくはなかった。毒のように軀を侵していたクスリがすぐに痛みを快楽へと変換してくれたからだ。それにたとえ愛なんて欠片《かけら》もなくても黒須の体温に水葵は幸福を覚えた。

酷い恋の終わり。

翌日、水葵が遅刻ぎりぎりに登校すると、黒須はすでに席にいた。頬杖を突いて窓の外を眺める横顔は険しく、出会った頃に戻ったようだった。

「あ――あの、黒須、おはよ……」

勇気を振り絞って声を掛けると、黒須はちらりと水葵を見た。氷のようなまなざしに言葉が詰まる。

がたん、と黒須の椅子が鳴った。無言で立ち上がった黒須が教室を出て行く。

遠ざかっていく広い背中に、水葵は何を言う事もできなかった。わかってしまったからだ。

もう、水葵の顔も見たくないのだと。昨夜の行為は黒須からすれば悪夢でしかなかったのだと。

当たり前だ。水葵は可愛い女の子ではない。水葵は黒須を忌まわしい行為に引きずり込み、穢したのだ。

それからの日々は空虚だった。卒業まで黒須は頑なに水葵と口をきかず、目を合わせようともしなかった。友人たちは心配してくれたようだけれど、黒須を非難する言葉を聞くたび、水葵は罪悪感に囚われた。

――悪いのは俺だ。裁かれるべきは、俺。

卒業してから、黒須とは一度も会っていない。

——はなびらが散る。視界を覆い尽くすほど大量のはなびらが。

そのたびに場面が切り替わり、水葵に眩暈《めまい》を起こさせる。

リクルートスーツを着た水葵が公園のベンチに座り、遊ぶ子供たちをぼんやりと眺めている。カップの中のコーヒーが冷えてゆきつつあるのに気にもしない。携帯の画面に表示されているのは、水葵が落伍《らくご》した事を知らせるお祈りメールだ。

母が水葵に正座をさせ、いつまでもニートを養う気はないと、顔を真っ赤にして怒っている。

バーのカウンターに座った水葵が男に肩を抱かれていた。

それから——それから。


唐突に水葵は気がつく。いつの間にかはなびらが真っ赤になっていた。

これは桜のはなびらじゃない。

薔薇《ばら》だ。

大きな薔薇の花束を抱えた男が怒鳴っている。

「そんな気はない、だと？　散々気を持たせるような事をしておいて何言ってんだ」

井出川《いでがわ》だ。癖のない髪を真ん中で分けた、三十代に踏み入ったばかりの男。細面の色男で気取ったスーツがよく似合っていたけれど、水葵はこの男の神経質そうなところがどうにも好きになれなかった。

「何言ってんだはこっちの台詞《せりふ》だっつーの。勘違いしないでくれないか、井出川さん。あんたはただの客で、俺はもらった金の分の仕事をしてるだけ。恋愛感情なんて微塵《みじん》もない」

躊躇《ちゅうちょ》なく残酷な台詞を吐く水葵に、男は躯を震わせると嘘だとわめいて持っていた花束を地面に叩きつけた。

可哀想な薔薇から深紅の花弁が散った。

「こういうの、迷惑なんだよ。今後、あんたの依頼は受けない。二度と電話もメールもしないでくれ」

害虫でも見るような目を男に向けると、水葵は小さな雑居ビルの奥にある、人目につかない外階段から出ようとした。

「待てよ。どこ行く気だ。まだ話は終わってないっ」

男が水葵に追い縋《すが》る。乱暴に腕を摑まれてビルの外壁に躯を押しつけられ、水葵も声を荒らげた。

「離せよ！　こういう事するからあんた、誰ともうまくいかないんだよ！　何でそれがわからないんだ！」

力任せに男の腕を振り払う。痛みにかっとなったらしい、男が拳を振り上げた。

「――――っ！」

殴られて切れた唇から血が飛ぶ。

よろめき壁に寄り掛かった水葵の首を、男が両手で摑んだ。

――ああ、そうだ。そうだった。

水葵はもがくが、頭に血が上った男は止まらない。手にはさらに力がこめられ、水葵の顔が鬱血してゆく――。

＋　＋　＋

長い、長い夢を見ていたような気がした。

『え……？』

土の臭いがする。それからアルコールと、吐瀉物《としゃぶつ》のにおいが。

雨が降っているようだった。

水葵は古い雑居ビルの外階段の上がり口に立っていた。足下には自分が仰向けに倒れている。

『は？』

水葵は思わず二度見した。

ちらつく蛍光灯に照らし出され横たわっている男は、間違いなく水葵自身だった。

長めにカットされた黒髪が清潔とはとても言えないコンクリートの上に広がっている。閉じられた瞼《まぶた》は青みを帯び、ぴくりともしない。

日本人男性としては長身で体格も貧弱なわけではないのに、そうやって倒れている水葵は子供のように無防備に見えた。暗いからわかりにくいが、周囲に散っているのは薔薇のはなびらのようだ。

頬骨と首の色が変わっているのに気づいた水葵の表情が険しくなった。

さっき見た長い夢の最後で、水葵は井出川に首を絞められていた。

――いや、あれは夢じゃない。実際に水葵が経験した現実だ。

『俺死んだ?』

まさかさっきのは、死ぬ前に見えるっていう走馬灯《そうまとう》か?

それなら今ここにいる自分は、幽霊だろうか。

試しに頬をつねってみるが、痛みはない。幽霊に痛覚はあるのだろうかなどと考えつつ水葵は己の死体の前にヤンキーのようにしゃがみこむ。

確か、この雑居ビルの四階にあるバーで飲んでいたのだった。小さなアルコールランプの炎がカウンターの上で揺れていた。手元にはモヒートのグラス。濡れたガラスの向こうに見えるミントの葉の緑が鮮やかだった。

一時間後に仕事の予定が入っていた。母も友人たちもニートだと思っているけれど、水葵は大学生の頃から夜の街でちょっとした小遣い稼ぎをしていた。誰に雇われている訳でもないので、スケジュール管理も料金設定も思うがままだ。客はちょうどこの店の客層と同じ、ゲイの男性。

黙って佇《たたず》んでいれば人形のように綺麗なのに、喋ると意外とがさつで人懐っこい水葵は大抵の客に気に入られた。あれはいや、これはできないと、我《わ》が儘《まま》放題にやっているのにリピート客は多い。この店で客と待ち合わせて夜の街に繰り出すのが常で、この夜もいつもと同じようにつつがなく終わるのだろうと思っていたのに。

バーの中がざわめいた。

マスターが指先で軽くカウンターを叩き、水葵の注意を引く。振り返ると、入り口に大きな薔薇の花束を抱えた井出川がいた。きちんとスーツを着込み、派手なネクタイを締めている。浮ついた様子にすべてを察し、水葵はカウンターに肘を突いて頭を抱えた。隣の席に座っていた男が吹き出し、水葵を肘でつつく。

「香月、あいつ、すげえな」

「笑い事じゃない」

隠れたいが、大して広くないバーのカウンター席ではどうしようもない。

こつこつと靴音が近づいてくる。

「香月」

肘のすぐ横に置かれた花束から、ベルベットのようなはなびらが一枚落ちた。井出川がカウンターに片手を置き、水葵に覆い被さるようにして囁き掛ける。

「プレゼントだよ。大事な話があるんだ。聞いてくれるかい?」

「やだね」

「はは、香月は恥ずかしがり屋だな。だが、そんなところも可愛い」

一気に鳥肌が立った。人が見ているっていうのに、何を言い出すのだろう、この男は。

「馬鹿野郎」

水葵は勢いよく立ち上がるなり、井出川のネクタイを鷲掴みにした。隣の席の男はにやにやしながら二人の様子を見物している。隣だけではない、バーの客全員が水葵たちを見ていた。井出川は恥入るどころか得意げな顔をしている。格好いい事を言ったつもりでいるのだろう。

男同士だというのは、とりあえずいい。ここはゲイバーで、店内にいる男たちは全員同じ嗜《し》好《こう》の持ち主だ。中には水葵と懇意にしている者もいる。井出川としては彼らに見せつけているつもりなのかもしれない。

でも、わかっているのだろうか、この男は。公衆の面前での告白は、うまくいけばいいけれど振られたら大惨事だ。そして水葵はそういう意味での好意などこの男に微塵も抱いていなかった。

武士の情けだ。

「ちょっと来い」

水葵はネクタイをリードのように引っ張って、この勘違い男をバーの外へと連れ出した。人目につかないよう、鉄扉を押し開けて外階段に出る。

湿った土の臭いがした。

「何だ、二人きりになりたかったならそう言ってくれればいいのに」

「違うっつーの。予約が入っているから手短かに済ますぞ」

「ああ、あの仕事は止めてくれないか？　大丈夫だ、金なら俺が――ぐっ」

胸の前で腕を組み井出川に向き直ったら、何を勘違いしたのか抱き締められそうになり、膝が出た。みぞおちを押さえ前のめりになった馬鹿に、水葵は冷たく言い放つ。

「いつまでも寝ぼけた事言ってんな」

井出川は水葵の客だった。二ヶ月程前、他の客の紹介で会い、数回相手をした。恋人が欲しいのだと井出川は水葵に愚痴った。積極的にアプローチしているのになかなか相手にされない、なんとかおつきあいに漕《こ》ぎ着けても、すぐ別れを告げられてしまう。どうしてだろう、と。

井出川以外には原因は明らかだった。この男は思いこみが激しいのだ。おまけに空気が読めない。でも、誰も井出川にそれを理解させられない。

これも仕事と努力してみたが、やけに馴れ馴れしい態度を取るようになったばかりか仕事以外の時間にもつきまとわれるようになってしまい水葵は匙《さじ》を投げた。

最初はやんわりと、次は冷淡に、希望の一欠片も与えず断ってきたつもりなのに。

『だからといって、殺すなよな｜。俺みたいののために前科者になってどうすんだよ……』

逃げたのだろう、井出川の姿は見あたらなかった。

まあ、あの男の気持ちもわからないではない。水葵は嫌われるよう、わざと酷い言葉をあの男に叩きつけた。断られるとは微塵も思ってなかったようだったから、ショックだったろうし傷ついたに違いない。自業自得だけれども。

死体の傍に、高価だったのだろう花束が置き去りにされている。花屋でこれを注文した時の井出川がどんな気持ちだったのかを考えると、何とも言えない気持ちになった。

好きな人に想われないつらさは知ってる。できる事なら、誰の気持ちも踏み躙《にじ》りたくないのに。

自分の死体に手を伸ばす。揺さぶってみたら目を覚ますかもしれないと思ったのだ。でも、ささやかな期待は触れた瞬間霧散した。

力の抜けた指は無抵抗に死体を通り抜けた。

——もう一人の自分が在るはずの空間は、ぞっとするほど虚《うつ》ろだった。

指先から伝わってくる骨まで凍えそうな冷たさに実感する。

水葵は死んだ。

すべてにピリオドが打たれ、もう何をなす事もできない。

不思議なくらい冷静に水葵は状況を受け入れていた。我ながらもっと動揺してしかるべきではないかと思ったけれど、あんまりにもあんまりな現実に頭がついて行かなかった。それに、焦ってどうにかなるならともかく、水葵はもう死んでいる。

『待てよ、ならどうして俺はここにいるんだ？』

死んだなら消滅するなり成仏するものだと水葵は思っていた。そうでなければ世の中が幽霊だらけになってしまう。

思いついた可能性はただ一つ。

水葵の脳裏に、懐かしい男の姿が浮かぶ。急に、雨の音が遠くなったような気がした。

『未練、か……』

——黒須。

立派な体格をしているくせに、はにかんだように笑うところが可愛くて好きだった。

深みのある声も好き。ふざけてじゃれ合っている最中に耳元で囁かれると背筋がぞわっとして、腰まで甘く痺《しび》れる気がした。

先刻己の人生を振り返ったせいだろうか、無性にあの男の顔が見たい。

『どうせ見えないいんだ。会いに行くくらいかまわない、か？』

それだけで気が済んで成仏できるかもしれない。

『でも、その前にっと』

水葵は立ち上がると、閉ざされた鉄扉の前に立った。ドアノブを握るも、セメントで固めてあるかのように動かない。幽霊ならば通り抜けられないかと試してみたが、生きている時と同じように鉄扉は水葵を阻んだ。

仕方なく水葵は隣の建物との間の狭い隙間を抜けてビルの表側に回った。廊下を進んで階段に戻ると、バーで隣に座っていた男がタバコを吸いながら自動販売機の飲み物を選んでいる。

『よう』

声を掛けてみたけれど、無視された。

目の前で手をひらひらさせてみたものの反応はない。水葵の声も姿も届いていないようだ。

『仕方ないな』

こちら側からも鉄扉は開けられなかった。自分の死体をいつまでもあんな汚いところに放置したくはなかったけれどどうしようもない。水葵はビルの表へ戻ると空を見上げた。夜明けが近づいてきているのだろう、明るくなってきている。天気も回復しつつあるのか、あちこちにできた雲の切れ目から、複雑な色彩に染め上げられた空が見えた。

高校を卒業してから十年が経つ。その間黒須とは一切交渉がなかったけれど、先日偶々《たまたま》会った友人に、黒須が最近できたばかりの高層マンションに引っ越したと聞いていた。近くはないけれど、歩いて行けない距離ではない。水葵は大股に歩き出す。

『幽霊になったんだから、空を飛んだり一瞬で移動したりできないのかなー。んーっ！』

歩きながら念じてみたけれど、できそうな気配はまったくない。

黙々と歩いているうちに雨は徐々に弱くなり、やがて止んだ。早朝の通りにはほとんど誰もいなくて、静かだ。

『なんか気持ちいいな……』

季節は春。

道沿いの家々の庭に緑が萌《も》えている。瑞々《みずみず》しい色彩が朝陽の下、殊の外美しく目に映った。桜はもう終わってしまったけれど、菜の花や小手毬《こでまり》といった花々がそこここに見られる。これまでになく綺麗に感じるのは、これが最後だからだろうか。

死は遥《はる》か先、まだ明日があると水葵は漫然と日を過ごしてきた。なんて馬鹿だったのだろうと今は思う。

『もし――やり直せるのなら――』

真剣に考え掛け、水葵は苦笑した。今更そんな事を考えたところで何になるって言うんだろう。

一時間半ほど歩き、真新しい高層マンションに到着する。やはりガラス張りのエントランスは通り抜けられなかったけれど、ジョギングから帰ってきたらしいカップルのおかげで侵入に成功した。

黒須が住んでいるのは最上階だと聞いている。

途中まで便乗させてもらおうと、カップルと一緒にエレベーターを待っていた水葵は、彼氏の方の様子がおかしいのに気づいた。早朝でまだ誰もいないのに、きょろきょろとあたりを見回している。並んでエレベーターを待っていた彼女が彼氏の腕に手を絡めた。

「なに、どうしたの？　虫？」

「いや——何かこう、背筋のあたりがぞわぞわするんだよな。誰かに見られているような——」

『ん？　もしかして、俺か？』

まるで怪談話である。そんな場合じゃないのに笑いがこみ上げてきて、水葵は口元を押さえた。

彼氏にはいるという事がわかるだけで見えはしないらしい。何となくそこにいると感じるらしく何度も視線が合うが、水葵に気づかない。

ようやくやってきたエレベーターに一緒に乗り込むと、水葵は彼氏の耳元で囁いてみた。

『悪いが、最上階を押してくれ』

えっと彼女の方が声を漏らした。

「なんで最上階押してんの!?」

「だって今、誰かが押してって言って……」

二人は見つめ合い、沈黙した。と思ったらいきなり彼女の方が耳に突き刺さるような声を上げる。

「やめてよーっ、怖くなっちゃうでしょー！」

「俺の方が怖えよっ！」

途中の階で騒ぎながら出て行く二人をにやにやしながら見送り、水葵は最上階へと上った。

他のフロアにはいくつか扉が並んでいるのが見えたのに、このフロアには扉が一つしかなかった。ここが黒須の家なのだろう。

試してみたものの、やはり水葵には扉が開けられない。仕方なく毛足の長いマットの上に腰を下ろし、黒いどっしりとした木の扉に寄り掛かる。防音が効いているのか部屋の中は静かで、物音一つ聞こえない。また誰かが来て開けてくれるのを待たねばならないらしい。

今や時間なんていくらでもあるのに、気が急いた。

『はは、やばいな』

もうすぐ黒須に会えるのだと思うと胸が高鳴る。

黒須とはもう十年も会っていない。志望した通り医学部に進学し、父親の病院で働いていると風の噂に聞いていた。

かつての黒須も非の打ち所のないいい男だったけれど、医師になった黒須はどんな風なのだろう。

『案外、腹が出た普通のおっさんになってたりして』

どんなでも、かまわなかった。

『多分もう、結婚してんだろうな……』

早くいいところのお嬢さんと結婚して、子供を大勢作る事を期待されていた。まだ一人だと言われても結婚したと聞いても平静でいられないような気がしてあえてそっちの話題からは耳を塞いでいたから、水葵は黒須の現状を知らない。

もし結婚していないにしても、あれだけいい男が独り身でいるわけがなかった。この扉の奥からどんな女が現れたところで気にするつもりはない。

しあわせでいてくれたなら、それでいい。

そう決め、水葵はもぞりと尻の位置をずらした。胡座《あぐら》をかいていた足の片方を立てて居心地のいい姿勢に落ち着き、改めて扉に寄り掛かってふと思う。

この扉がいきなり開いたら困るな、と。

そうしたら水葵の、後頭部と背中にあたっていた硬い感触がふっと消えた。その感覚は、寝《ね》入《い》り端《ばな》の眠りが浅い時、どこかから落ちたり、歩いているような錯覚に騙《だま》されてびくっと軀を揺らしてしまうのに似ていた。

混乱した次の瞬間、本当に軀が背後へと倒れ込む。驚いて手を突っ張り、上半身を起こすと、背後には水葵が寄り掛かっていた黒い扉があった。でも、前方にあるのはエレベーターではなく、白い壁に挟まれた廊下だ。どうやら水葵は閉まっている扉を通り抜けてしまったらしい。

『もしかして認識の問題なのか……？』

通り抜けられないと思えば通り抜けられない、通り抜けられると思えれば通り抜けられる。いくらはりぼてだと言われても、堅牢に見える壁に躊躇《ためら》いなく突っ込んで行けるものではない。止まっているエスカレーターに乗るとつんのめってしまうように、実体を持っていた頃の習慣が邪魔をしているのではなかろうか。〝こんなところ通り抜けられるわけがない〟と。

もしかしたら、そういう思いこみさえなければ現在の水葵は何でもできるのかもしれない。

『まあ、そんなのはどうでもいい』

黒いタイルが敷き詰められた広い玄関の中、水葵は立ち上がると服の埃を叩いた。少しだけ躊躇う。いくら幽霊とはいえ、入ってしまっていいのだろうかと。黒須にとって水葵は忌まわしい記憶そのものだから。

『まあ、成仏できない俺につきまとわれるよりはいい……よな？』

焦げ茶色のフローリングの廊下の先にはリビングがあるようだ。陽光が廊下まで溢れ、朝のニュースを伝えるアナウンサーの声が聞こえる。

『さすが、いい家に住んでるな』

廊下を抜けた水葵は感嘆した。壁の一面が窓になっており、霞《かす》む地平線が見えた。焦げ茶とオフホワイトでまとめられたモデルルームのように広いリビングには、大きなL字型のソファが据えられている。

ソファにTシャツとスウェットを合わせた黒須が座り、生真面目な顔でタブレットを眺めていた。シャワーを浴びたばかりなのか、あの頃より長めの髪が湿っている。

水葵の知らない十年間が、黒須の表情や仕草に人間的な厚みを加えていた。少年期の線の細さが消えしっかりと引き締まった体軀にはたるむ気配すらない。ソファの背に乗せられた腕に浮かぶ腱《けん》や筋肉の陰影が口惜《くや》しいくらいかっこいい。

『いい男になったなあ』

水葵はさらに近づくと、黒須の隣に腰を下ろした。間近からまじまじと見つめてみる。

『久しぶり』

黒須の反応はない。

『俺の声、やっぱり聞こえないか』

つん、と頰をつついてみる。

触れた刹那、眩暈を覚えた。ふっと薄れようとする意識を、水葵はとっさに踏ん張って引き戻す。

何だこれ。

もう一度つついてみるが、今度は大丈夫なようだ。

『ふうん……』

ふと思い立ち、水葵は立ち上がるとソファの座面に片膝を乗せた。黒須に見えないのをいい事に、向かい合わせに膝の上に跨《また》がってしまう。

見えていない筈《はず》なのに黒須は軀をねじって片肘を背もたれに乗せ、タブレットが邪魔にならないよう体勢を変えてくれた。

『はは、幽霊になるってのも、案外悪くないな』

もしそうでなければ、こんな真似、絶対にできない。

『なあ、黒須。今、幸せか？』

水葵は上半身を前傾させると、涼しい顔でタブレットをいじっている黒須の肩に顎を乗せた。

『卒業してから、俺の事、少しでも思い出したか？』

返事はない。

当たり前だ。黒須に水葵の声は届かない。

『俺は結構思い出してた。一人えっちする時はいまだにあんたの顔が浮かぶ。できるだけ考えないよう努力はしたけど、駄目だった』

タブレットを座面に置くと、疲れたのだろう、黒須が大きく伸びをする。

『おい、無視すんなよ』

わざとではないのはわかっているのにだんだん胸の内がもやもやしてきて、水葵は文句を言った。

黙殺されると思い出してしまう。卒業間近、黒須に完全に無視され続けたつらい時期を。

『なあ、そんなに俺が嫌いか？　まだ許せない？』

多分黒須の中にはそんな感情すら残っていないのだろう。水葵の存在はきっと意識から抹消されている。水葵自身、卒業してからずっと同窓会にも出席せず、黒須の病院界隈《かいわい》に近づく事さえ避けていた。

『はは。ガキの頃の事をいつまでも引きずって、俺だけ馬鹿みたいだ』

首を傾けてこきんと鳴らすと、黒須は再びタブレットを取り上げて眺め始めた。

『あー、やめだやめ！　もう逝くってのに、恨みがましい事言ってたら怨霊になっちまいそうだ。あんたもそう思うだろ？』

無理矢理笑みを作り、水葵は黒須の頬を撫《な》でた。

『黒須、俺はあんたが好きだった。あんたにとっては最低の記憶かもしれないけど、あんたに抱かれた夜の事、俺は死んでも忘れない』

ありがとう――そして、さようなら。

水葵は瞼を伏せた。ただでさえ近かった距離を詰めてゆく。

キスするつもりだった。黄泉《よみ》への餞別《せんべつ》に、これくらいしてもらってもいいだろうと思ったのだ。でも、黒須の唇に唇が今にも触れようとした瞬間、水葵はつと動きを止めた。

視線を感じた。

ゆっくりと首を九十度回転させると、ソファの肘掛けに紅葉のような手が乗っていた。その向こうで子供が、黒須にくちづけようとしている水葵をきょとんと見ている。

——いや待てよ。本当に見えているのか？　俺は幽霊だぞ？

両手を黒須の肩に置いたまま、水葵はにっこりと微笑《ほほえ》んでみた。

『おはよう』

「……ぉあよ、ごじゃ、ましゅ……」

人見知りするのか、子供の声は小さい。

『つか、見えてんのかよ！』

大声を出すと子供の姿はぴゃっとソファの後ろに消えてしまった。

水葵は両手で頭を掻《か》き毟《むし》り、仰《の》け反《ぞ》る。

いつから見てたんだろう。

見られていたと知った途端、羞恥心が沸騰した。あんな子供の前で人の膝に座った上、頬摺りして、あまつさえ勝手に人の唇を奪おうとするなんて！

『うおあああ、サイテー……』

「ああ、たくみ。起きたのか」

水葵が慌てて膝から下りると、黒須はタブレットをスリープモードにしてローテーブルの上に置いた。ソファの陰からそろそろと顔を出した子供が、こくんと頷く。

「……ん」

可愛い子だった。二歳くらいだろうか。手も足も丸っこくてふくふくしている。明るい茶色の髪があっちこっちに盛大に跳ねているのが愛らしい。ふっくらとした頬は膨らんだ餅のようだ。

「顔は洗ったのか?」

「……ん」

黒須と会話しつつも、子供はちらちらと水葵の方を盗み見ている。何を見ているのか気になったのか黒須も振り返るが、やはり水葵の姿は見えないようだ。

「そうか。じゃあ、朝食にしようか」

「……ん」

「なんだ。今日はいつにも増しておとなしいな」

立ち上がった黒須は、一度子供を抱き上げて頬摺りした。

「だでぃ、や」

『ダディ? あ……っ、黒須の子か……!』

水葵は呆然《ぼうぜん》とした。そう思って見ると、顔立ちが似ていた。

「はは、いやか。待ってろ、今、目玉焼き焼いてやる」

黒須は下ろした子供の頭を撫でると、一旦廊下の奥に姿を消した。

『子供がいるなんて聞いてないぞ。なんだよ結婚してたのかよ……』

水葵はへなへなとソファに座り込んだ。膝の上に肘を突き、両手で顔を覆う。優しく目を細めた黒須の表情を見ればわかった。黒須はこの子をこよなく愛おしんでいる。

しあわせ、なんだ。

喜ばしい事だと思う。その気持ちは嘘じゃない。でも、どうしようもなく胸が痛んだ。

『……ふ……』

顔を見れば未練なんてなくなるかと思って来たのに、逆効果だった。忘れたつもりでいた恋心が膨れ上がり、押し潰されてしまいそうだ。

好きだ。

この男が好き。誰にも渡したくない。……もし連れてゆけるなら、取り殺してやりたいくらい、この男が欲しい。

必死に嗚咽《おえつ》を押し殺していると、膝に何かが触れた。目を上げると、抱いた大きなぬいぐるみの背後に隠れるようにして、子供が立っていた。丸っこい手をそーっと引っ込めると、小さな声で尋ねる。

「ぽんぽん、いたいの?」

先刻まで人見知りしてソファの後ろに隠れていたのに、心配して近づいてきてくれたらしい。

益々泣けてきてしまい、水葵は拳で乱暴に目元を擦った。

『いや、ええとその、俺は――』

最後まで言うより早く茶色の毛の塊が飛びついてくる。水葵はびっくりしてソファの背もたれに張りつき膝を胸に引き寄せた。

おん！　と吠《ほ》えたその獣は水葵にじゃれたいのだろう、座面に飛び上がってぐるぐる回っているけれど、幽霊でしかない水葵には触れられない。

「こら、クラウス。ソファに上がるな」

リビングの一角にあるキッチンに戻ってきた黒須が大きな声を上げると、獣は慌ててソファから下り、きちんとお座りした。水葵はあぐらを掻き、身を乗り出す。

『おまえ……クラウスか』

おん！　と、尻尾を忙しく振り振り応えたのは、大型のコリー犬だった。びっくりしてぬいぐるみを抱いたまま尻餅をついている子供を乗せられそうなくらい大きく、あたたかそうな焦げ茶の毛並みはふさふさしている。

元々は水葵の近所の家の庭で飼われていた犬だった。家の前を通るたび、尻尾を振って撫でてくれとねだる様があんまり可愛くて、水葵は母にこの子と同じ犬を飼いたいとねだった事さえある。

とてもいい子だったのに大きく育ってしまったからだろう、引っ越しの際、この家の家族はクラウスを置き去りにした。大きすぎるせいで引き取り手もなく、保健所に引き渡されそうになったけれど、危ないところで黒須が飼うと申し出てくれた。

黒須は否定したけれど、クラウスの行く末が心配なあまり何も手に着かなくなってしまった水葵のために引き取ってくれたのだと思う。嬉《うれ》しかったけれど、後で黒須の家族はにおいや抜け毛がいやだと反対していたらしいと聞いて胸が痛んだ。

——でも、今も、可愛がってくれていたのか。

水葵はクラウスへと手を差し伸ばした。クラウスはふんふんにおいを嗅いでいる。幽霊にもにおいがあるのだろうかと考えたらなんだかおかしくなってしまい、水葵は表情を緩めた。

さてと立ち上がり、まずは子供を見下ろす。

『ごめんな。あー、——たくみくん、だっけか。突然へんなのがいて、びっくりしたよな。もう出て行くから、俺の事は忘れろ』

両足を投げ出しぺたりと座り込んでいた子供の頭が、こてりと傾いた。

『それから、クラウス。最後に会えてよかった。俺はもう逝かないといけないけど、あんたはこれからも黒須の傍にいてやってくれな』

しゃがみこんで、コリー犬を抱擁する。

さて次は、母に会いに行くかと立ち上がる。そうしたらクラウスがおんと吠えた。駆けだして朝食の用意をしている黒須の足下にまとわりつき、おん！　おん！　と何かを訴え掛け始める。黒須が慌てて火を止めて犬を叱った。

「こら、うるさいぞ、クラウス！」

黒須はTシャツの上に黒いエプロンをつけていた。厨房《ちゅうぼう》に立つ姿も格好がよくて、胸がまたきゅんと痛む。

黒須を見たがる目を無理矢理引き剝がし、水葵は歩き出す。

リビングを抜けて廊下に入る。でも、玄関に着くより先に、水葵の中をコリー犬と黒須が通り抜け追い越していった。

「んん？」

クラウスが黒須のエプロンの裾をしっかりくわえて引っ張っている。

「どうしたっていうんだ、クラウス。これから朝食だぞ？　散歩ならあとで連れてってやるから」

抵抗する黒須に向き直り、コリー犬が四肢を踏ん張る。犬の喉から低い唸《うな》り声が聞こえた。まるで、いやだと言うかのように。

黒須の声の調子が変わる。

「今でないと、駄目なのか？」

ふすんとクラウスが鼻を鳴らした。

「たくみの朝ご飯より、大事な事がある？」

また、ふすん。

黒須がリビングを振り返った。

「たくみ！　お留守番、できるか？」

水葵は驚いた。不思議な予感に、胸の奥がざわざわする。

クラウスは何をしようと言うのだろう。黒須は子供を放って出掛ける気なのだろうか。

ぬいぐるみを引きずった子供が廊下の先に立っている。

「悪いが、テーブルの上にあるスマホと財布を取ってきてくれ。できるだけ早く戻る。しばらく一人になってしまうが、大丈夫だな？」

こくんと頷いた子供の姿がリビングの方へと消えた。子供が言われたものを持ってくるまでの間に黒須はエプロンを外し、玄関のクロゼットに掛けてあったリードをクラウスにつけた。

「だでぃ、はい」

受け取った財布をポケットにねじ込むと、黒須は子供を片腕で抱き寄せ頬摺りする。

「行ってくる。おなかが減ったら、冷蔵庫の中のもの、好きに食べていいからな？」

「……ん」

ぐんとリードを引っ張られ、黒須は部屋を出た。オートロックが掛かる音がかすかに聞こえる。

黒須は呼んだエレベーターが来るまでの間に家政婦に電話を掛け、子供の世話を依頼した。家政婦は近くに住んでいるらしい、十分で到着するという返事に水葵はほっとする。

「クラウス、どこへ行く気だ？」

黒須が質問するけれど、犬に返事はできない。エレベーターで一階に下りると、クラウスは黒須を引きずるようにして猛然と走り出した。

クラウスがどこに行くのか気になり、水葵もあとをついてゆく。

――あ、まさか……。

幽霊にもにおいがあるのだろうか？　鼻先を地面に擦りつけるようにして走るクラウスは、水葵が先刻歩いてきた道を逆に辿っていた。

夜明けから二時間近くが経過し、ちらちらと人の姿が増えてきていた。新聞配達のバイクが走り抜けてゆく。ジョギングウェアで走っている人もいる。

今、自分の死体は、どうなっているのだろう。

クラウスのあとを追いながら、水葵はぼんやりと考える。ただでさえあの外階段を使う人は少ない。おまけに早朝ともなれば、まだ誰も気づいていない可能性もある。このままだと黒須が水葵の死体を発見する事になるかもしれない。

久しぶりに見るのが死に顔というのは、あんまりではなかろうか。

無理のないペースとはいえ、走り続けている黒須の額には汗が浮いている。

ついに出発地の雑居ビルに到達すると、クラウスは迷いなく建物の中へと入ってゆき、外階段へと導いた。

重い鉄扉が押し開かれるのを、水葵は固唾《かたず》を呑《の》んで見守った。隙間が広がるに連れ、黒須の表情が険しくなる。

「香月……」

水葵はまだそこにいた。誰にも気づかれる事なく、冷たいコンクリートの床の上、壊れた人形のように転がって。

まだ狭い隙間に軀をねじ込んで無理矢理通り抜けたクラウスがきゅんきゅんと甘えた鳴き声を発し、水葵に鼻を擦り寄せる。あ、という小さな声に驚き振り向くと、自販機の煙草を買いに来たのだろう、顔見知りのマスターがいた。

「香月くん、なんで……」

「悪いが、救急車を呼んでくれ。それから警察にも連絡を」

黒須は扉をくぐると長い足を折り、地面に膝を突いた。自分の死体《ボディ》の反対側に回り込んだ水葵は息を呑む。

『おい、黒須。なんであんたがそんな凶悪な顔するんだ……？』

背を向けられているマスターは何も気づかず、言われた通りに電話を掛けている。黒須の目は、水葵の首に浮きつつある痣を食い入るように見ていた。

何となく眉間に刻まれた皺に触れてみる。

あ。

また眩暈に襲われる。水葵をとりまく景色が、薔薇のはなびらや自分の肉体が、黒須が、色《いろ》褪《あ》せてゆく。

今度は抵抗せず身を委ねると、何かに吸い込まれるような感覚と共にぷつんと意識が途切れた。

＋　＋　＋

また、雨だ。

街は白く煙っている。雨音はうるさいくらいなのに人気の絶えた景色はひどく淋《さび》しくて、泣きたいような切なさがひたひたと胸の裡《うち》に満ちてゆく。

こんな雨に濡《ぬ》れた夏があったような気がした。あれは一体、いつの事だったろう。

鞄《かばん》を傘代わりに頭に載せ、二人の少年が走ってゆく。

学校指定の黒いスラックスに白いシャツ。躍動する若い肉体。

あれは、かつての水葵だ。

後ろを走る、大人と見紛うほどしっかりした体格の少年は黒須《くろす》だろうか。

二人は古びた建物の中へと駆け込んでゆく。朝顔の絡みつくコンクリートの門柱を見上げ、水葵《みずき》は眩暈《めまい》を覚えた。ここは水葵が母と暮らすマンションだ。

庇《ひさし》の下に入ると、二人はようやく鞄を頭から下ろした。吹き抜けになった階段に足音が反響する。

思い出した。これは水葵が初めて黒須を家に連れてきた日の記憶だ。

帰宅途中に夕立に遭い、二人ともずぶ濡れになった。強くなる一方の雨足に水葵が黒須を誘った。うちで雨宿りしていかないかと。

黒須が頷《うなず》いてくれた時の胸の高鳴りときたらなかった。あんまり喜んだらトモダチらしくないから必死に唇を引き結び、意識してクールに振る舞ってはいたけれど、今にも口元がふにゃふにゃと緩んでしまいそう。

二人が歩いた後のコンクリートの床に雨垂れの跡が点々と印される。玄関に入った水葵は、鞄を足下に投げ出し黒須を振り返った。

「狭くて悪いが、どーぞ」

「お邪魔します」

誰もいないのに礼儀正しく一礼すると、黒須はがぽがぽと音を立てる靴を脱ぎ、靴下も剝いた。借りてきた猫のように落ち着かない様子で、あちらこちらと視線を走らせる。豪邸に住む黒須には、狭苦しいマンションが物珍しいのだろう。

「こっちだ」

ふわふわした気分で黒須を自分の部屋へと案内する。

厚い雨雲のせいで、空は黄昏時《たそがれどき》のように暗かった。黒いスチールのデスクにやはり黒いメッシュのチェア、それからベッドしかない部屋はカーテンを引いているわけでもないのに陰っていて、水葵はリモコンを手に取った。

音もなくシーリングライトが明るくなる。水葵はひょいとリモコンをベッドの上に投げ出すと、黒須を振り返って——息を、詰めた。

濡れて張りついたシャツに、膚《はだ》の色が透けている。くっきりと浮き出た軀《からだ》のラインの男っぽさに、胸の奥がざわめいた。

「服のまま、泳いだみたいだな」

眼鏡を拭っていた黒須が目を上げる。

「ん?」

「今のあんた、すごくエロい。写メってていいか?」

本当は、黒須に触れてみたかった。

黒須の軀も雨に冷えているのだろうか。それとも自分と同じように火照《ほて》っているのだろうか。どっちなのか知りたい。

水葵に答えた黒須の声は、喉の乾きをこらえているかのように掠《かす》れていた。

「俺なんかより、おまえの方が百倍エロいぜ」

——え？

水葵がかまえたスマホを、黒須が無造作に摑《つか》む。

違和感を覚え水葵は瞬いた。あの時、黒須はこんな事を言っただろうか？

『はは、ヤバい、パンツまでぐしょ濡れだ』

『くそ、鞄の中にまで水が入ってる』

『あ、それ、模試の結果？　どれどれ——うわ、すごいな。全国ランキング一桁って初めて見た。なんであんたうちのガッコにいるんだ？　あんたの成績ならもっといいトコ行けただろうに』

『仕方ないだろ……反抗期だったんだ』

そんな風に会話が進んでいったはずだった。やがて雨が止むと、黒須は水葵のサイズの小さなTシャツを無理矢理着て帰って行った。そういう記憶がちゃんと残っているのに。

「ちゃんとアンダーシャツを着ないから、ほら、乳首が透けている」

闇のように黒い目が水葵の胸元を凝視している。ひどく熱っぽい視線に、水葵は息苦しさを覚えた。

変だ。こんな記憶、ないのに。

奪ったスマホをデスクに置き、黒須が薄桃色に透ける胸に触れる。親指の腹でゆっくりと乳首を押し潰され、水葵は喘《あえ》いだ。

一瞬で煮《に》え滾《たぎ》った欲望が、指の先まで駆けめぐり、拍動する。多分、今、自分はとても物欲しそうな目をしている。

——だって、黒須が俺に触っている。性的な目で、俺を見ている。

「黒須——ごめん」

かつて、水葵はこの男に恋をしていた。いや、こんな夢を見るくらいだから今でも好きなのだろう。黒須は水葵に友情以上の感情を抱いてはいないのに、まだ水葵はこんな夢で黒須を辱めようとしている。

「何謝ってんだ。悪い事してるのは、俺だろうが」

肩を摑まれて乱暴に引き寄せられ、濡れた薄い布越しに火のように熱い肉体を感じた。きつく抱き竦《すく》められ、目の奥が熱くなる。

違う。黒須はちっとも悪くない。黒須が言う〝悪い事〟は、水葵の願望そのものだ。

「ごめんな。ごめん」

かつて言えなかった言葉を、水葵は壊れたレコードのように繰り返す。もう濡れた服の気持ち悪さも、時々髪の先から落ちる水滴の冷たさも気にならない。

「やめろ、香月《こうげつ》。謝らなきゃならないのは俺だ」

力なく頭を振ると、銀色に光る水滴が飛んだ。

「……ごめ……」

己の欲深さに、水葵は顔を歪《ゆが》めた。

今更黒須に合わせる顔などないのに、黒須の体温や逞《たくま》しい腕の中があんまりにも心地よくて溺れてしまう。夢見ずにはいられない。もう一度だけ、やりなおす機会をもらえるなら——と。

雨はまだ降り続いている。雨足が弱まる気配はない。

このままいつまでも雨が止まなければいいのにと水葵は願った。

＋　＋　＋

気がつくと、水葵は病院のベッドに横たわる自分の足下にぼーっと突っ立っていた。

『あれ？　俺、もしかして生きてんのか？』

部屋は霊安室のようには見えない。締められた首には湿布が貼られている。

白いカーテンで三方を区切られた空間には黒須もいて、安っぽい丸椅子に腰を掛けていた。

さっきのは何だったんだろうと、水葵は考える。

最初に見た走馬灯《そうまとう》とは違う感じがした。幽霊——いや、生き霊か？　——でも、夢を見るものなのだろうか。

　少し開いていたカーテンの隙間から、若い看護師が顔を覗《のぞ》かせる。

「若先生、お話を聞きたいって、警察の人が」

　遠慮がちに告げられ、黒須はのろのろと立ち上がった。

「――わかった」

　興味をそそられ、水葵もついてゆく。外に出た黒須が乱暴にカーテンを閉めると、中を覗き込もうとしていた男が驚いたように目を上げた。

「あー、お忙しいところ、失礼。彼の容態はどんなですか、先生」

　刑事だろうか。達磨《だるま》のように目鼻立ちのくどい中年男性だ。冴《さ》えないスーツを着ているけれど、普通の人間とは纏《まと》う空気が違った。物腰は穏やかなのに油断ならない匂いがあり、落ち着かない気分になる。

「まだ意識が戻りません」

「事情を聴取したいのですが」

「目が覚めるまで待つしかありませんね。彼に何があったんですか？」

　カーテンの中を気にする男に、ベッドから離れた場所にある丸椅子を勧め、黒須はデスクの前の大きな椅子に腰を下ろした。眼鏡を外し疲れた顔でこめかみを揉《も》む黒須に、男が名刺を差し出す。

「ああ、よくある話です。別れ話がこじれた」

露骨な表現に水葵はぎょっとした。男の口元には、馬鹿にしたような薄笑いが浮かんでいる。

「香月にそういう相手がいたんですか？　女性にしては随分手の痕が大きいようですが」

「そりゃそうだ。相手は女性じゃありませんからね」

――――こいつ。

水葵は拳を握り締めた。黒須の表情も硬くなる。

「相手は男性？」

「ええ。直前に目撃している者が大勢います。近くのゲイバーで被害者に薔薇《ばら》の花束を捧げようとした男がいたと。被害者はその店では有名だったようですよ。毎夜のように通って、客を取っていたとか」

躯がかっと熱くなった。男の言葉には悪意が透けて見えた。どうやら男は、同性愛者などまともな人間と同じように尊重する必要はないと思っているらしい。

別に、こんな男に蔑視されたところでかまわない。でもと、水葵は黒須の顔色を窺《うかが》った。黒須は水葵の現状を聞いてどう思ったろう。

「客……？　香月はニートだと聞いていましたが」

「表向き、そう言っていただけでしょう。大きな声で言える仕事じゃありませんからねえ。先生は被害者とは知り合いだったそうですが、一体どんなご関係で？」

「……高校の同級生で、親友、でした。もう十年も会っていませんでしたが」

――親友。

水葵は唇を引き結んだ。黒須がまだ自分をそんな風に言ってくれたのが意外だった。

「なぜ十年も会っていなかったのに、絶妙なタイミングであそこに？」

黒須は初めて言いづらそうに言い澱《よど》んだ。

「犬が――」

「は？」

その態度に何かあると思ったのか、男の目つきが鋭くなる。

「その、飼っていた犬に連れて行かれたんです。香月にとても懐いていたから、危機を察知したんだと思います」

「あの……本気で言ってるんですか？」

呆《あき》れた声が四方を白く塗られた部屋に反響する。

「冗談に聞こえるでしょうが、以前にも同じような事があったんですよ。まあ、信じてくれとは言いません。好きなように思ってくださって結構です」

「はあ」

与太話など欠片《かけら》も信じる気はないのだろう、上面だけの相槌《あいづち》に苦笑し、黒須は前髪を掻《か》き上げた。寝起きのままろくにセットもされていない髪は撫《な》でつけたくらいでは言う事をきかず、すぐまたぱらぱらと額に落ちてくる。

「その、香月の恋人だったっていう犯人は、どんな人なんですか?」

男が失笑する。

「男同士で恋人、ねえ。正直よくわかっていないんですよ。元々被害者の客の一人であった事以外は身元もわからない。まだ逃走中ですが、まあ、そのうち捕まえてみせますよ」

黒須の黒々とした双眸《そうぼう》が剣呑《けんのん》な光を放つ。

「そいつは香月をこんなにしたくせに逃げおおそうとしているんですか」

「意識が戻ったらご連絡ください。被害者ならもっと情報を持っているに違いない。お友達のためにもご協力のほど、よろしくお願いしますよ、先生」

そつなく挨拶を済ませた男は部屋を出て行った。どこか思い詰めたような顔でカーテンの内側に戻ると、黒須は立ったまま水葵を見下ろす。

その背に向かって水葵はおずおずと口を開いた。

『ありがとな、黒須。クラウスを信じて俺を助けてくれて。それから俺の事、気にしてくれて』

黒須の背中はかつてよりずっと広く逞しくなっていた。触れたいという衝動に駆られたけれど、こんなに健全で善良な男に、自分なんかが触れてはいけないような気がして、水葵は疼《うず》く掌《てのひら》を握り込む。

さっきと同じ看護師が現れ、黒須に話し掛けた。

「若先生、今日、本当はお休みだったんでしょう？　顔色がよくないです。もう帰って、少しでも休まれたら如何《いかが》ですか？」

「だが、まだ彼の意識が――」

「今のところ、問題はなさそうなんでしょう？　何かあったらすぐ連絡しますから、お帰りください。きっとたくみくんが淋しがっていますよ」

匠《たくみ》の名を聞き、黒須はようやく視線を看護師に向けた。

「――そうだな。ああ、クラウスも迎えに行かないと」

白衣を脱いで、廊下を歩く。非番であるにもかかわらず黒須が殺人未遂事件の被害者につき添って病院に来た事はすでに知れ渡っているようで、白衣を来たスタッフたちは黒須を見ると次々に声を掛け、ねぎらった。

屋外に出ると、黒須は小さなカードを見ながら電話を掛けた。水葵につき添って救急車に同乗した際、乗せられないクラウスをマスターが預かってくれたらしい。驚いた事にマスターはクラウスを連れ、この病院に来ていた。話しながら駐車場に向かうと、一台の車に寄り掛かり手を振るマスターの姿がすぐに見つかる。中肉中背で、顎に薄く髭《ひげ》を生やしたマスターは寝ていないのだろう、眠そうな顔をしていた。車の中には主の姿を見つけて興奮するクラウスの姿もある。

「ありがとうございました」

「いえ、ここで会えてよかった。警察の人に呼ばれてて、これから行かなくちゃいけなくて」

扉を開けると、大きなコリー犬が黒須に飛びつく。しゃがみこんだ黒須はクラウスの軀のあちこちを撫でてやり——もふりと柔らかな毛並みに顔を埋《うず》めた。疲れていたのだろう、動かなくなってしまった黒須をマスターが心配そうに見下ろす。

「香月くん、大丈夫そう?」

昨夜の雨が嘘《うそ》のように空は晴れ渡っていた。車のルーフに日差しが反射して眩《まぶ》しい。

「大きな怪我はなかったし、命の危険はありません。まだ目覚めないのだけがちょっと気になりますが。——あなたは香月の知り合いだったんですか?」

「ええ。うちの店の常連なんですよ、彼」

黒須が顔を上げ、マスターを見上げた。

「——今度、改めてお礼させてください」

なぜだろう、背筋にぞくりと冷たいものが走った。

「いいよいいよ。犬、好きなんだ。この子のおかげで僕も癒された。こっちこそ、香月くんを助けてくれてありがとう」

のろのろと立ち上がった黒須の顔色は冴えない。

「……別に、俺は何も」

「いやいや、君が気づいてくれなかったら、香月くん、いつまであそこに放置されていたか知れないよ。てきぱきと事態に対処する君、惚《ほ》れ惚《ぼ》れするほどかっこよかった！　ところで君は香月くんとどんな関係だったのかな？」

水葵はわーっと叫んで黒須を背中に隠したくなった。マスターの目がキラキラしている。黒須の頭のてっぺんから爪先まで眺め回す視線は明らかに、この偶然出会ったいい男を値踏みしていた。

「まだ子供だった頃の友人ですよ」

「じゃあ、長いつきあいなんだ。それじゃあショックだよね、あんなところに出くわして。僕、あのビルの四階でバーやってるんだ。よかったら来てよ。愚痴でも何でも聞くよ？」

「……ありがとうございます。ぜひ」

黒須はうっすらと笑んでいる。水葵は頭を抱えたくなった。この男が経営する店はゲイバーだ。黒須のようないい男が行ったら、飢えた男たちが禿鷹《はげたか》のように群がるに違いない。

「ところで、香月くんのお見舞いって、できるのかな？」

「それは、まだ。犯人が捕まってませんし、親族以外は安全のため、本人の意識が戻るまでシャットアウトされます」

「そっか。いても立ってもいられなくて何も考えずに来ちゃったけど、そりゃそうだよね。聞いてよかった。それじゃ、僕はこれで」

片手を上げて挨拶したマスターに、黒須は軽く会釈して応えた。足元ではクラウスがはあはあと喘いでいる。

マスターの車が駐車場を出て行くと、黒須もクラウスを連れて歩き出した。水葵も肩を並べる。通勤を考えて買ったのだろう、黒須のマンションは病院から徒歩五分の距離だった。

最上階の部屋に到着し扉を開けると、待ちかまえていた子供がぬいぐるみを引きずり、ぽてぽてと走ってくる。

「だでぃ」

足に抱きつかれ、張りつめていた黒須の表情が緩んだ。

——なんて優しい顔をするんだろう。

いいな、と思うと同時に、水葵は疎外感を覚える。

「ただいま、たくみ。今日は遊んでやるって言ってたのに、ごめんな?」

逞しい腕でオーバーオールを着た小さな軀を抱き上げ、黒須はぷにぷにとした頬に己の頬を擦《こす》りつけた。

「や、や!」

髭がちくちくするのだろう、匠は身をよじったけれど、その顔にははにかんだ笑みが浮かんでいる。

ふっと淋しくなってしまい、水葵は一歩下がった。

奥からエプロンをつけた女性が出てきて、黒須に微笑《ほほえ》み掛ける。

「おかえりなさい、黒須さん」

「前田《まえだ》さん。たくみの事、急にお願いしてすみません」

どうやら彼女が家政婦らしい。もう初老に差し掛かっているようだけれど綺麗《きれい》な人で、白くなりはじめた髪をきっちりと後ろでアップにしている。

「気になさらないで。たくみくん、今日もとってもいい子でしたよ。焼きうどんを作ったんですけど、食べられます？」

「ありがたい。おなかぺこぺこだったんです。その前にちょっとシャワー浴びてきます。たくみ、クラウスにごはんあげてくれるか？」

「……ん」

こくりと頷いたものの、匠は玄関から動かない水葵を見上げている。黙っているのも気まずくて頭の脇で手を振ってみたら、小さな手が持ち上げられ、にぎにぎと可愛いバイバイを返してくれた。

クラウスの世話を焼きに行く匠のぱたぱたという足音が遠ざかって消えると、玄関は急に静かになる。あとを追ってリビングに入る気にはなれず、水葵はその場に立ち尽くした。

ここは黒須と黒須の家族の家、見えないからといって勝手に踏み込んでいい場所ではなかった。

くるりと振り返り、玄関の扉に額をあてて目を閉じる。扉が徐々に薄くなり、消えるところを想像しようとする。なかなかうまくいかなかったけれど、うんと集中し、ついには自分が何をしようとしているかわからなくなりかけた頃、ふっと額にあたっていた堅さが消えた。

目を閉じて一歩踏みだし背後を振り向いてみると、最後に見た通り、鍵の掛かった扉があった。

『さて、いい加減、この状況を何とかしないとな』

水葵は腰に手をあて、軀を伸ばす。

幸い、自分はまだ死んでいないらしい。それなら魂を軀に戻せば復活できるはずだ。

『あー、でも、憂鬱だぜ……』

おそらく今回の騒ぎのせいで、母を始めとする大勢の人が、隠していた性癖や夜のバイトの事を知ってしまった事だろう。目覚めた後、どんな目を向けられるかと思うと正直、逃げ出したい。

——このまま、死んじゃおうかな。

『……なんてね』

あながち冗談でもなく呟《つぶや》くと、水葵はとぼとぼと歩き出した。エレベーターホールの横にある扉の前に立つ。水葵に壁抜けはできるが、ボタンは押せない。もう一度集中して何とか扉を通り抜け、非常階段を下り始める。

頭の中がからっぽになるくらい長い時間を掛けて地上へと辿《たど》り着くと、水葵はひとまず病院に戻った。本体《ボディ》の元へと歩いていると、様々な声が耳に入ってくる。

とある一角で、水葵は足を止めた。

「若先生が声を荒らげるとこ、初めて見たわ」

「若先生、若いのに落ち着いてるもんね。真面目で穏やかで、院長の息子だっていうのに驕《おご》り高ぶったところがなくて、イケメンで……ねえ、こんないい男がこの世に存在していいの？」

看護師たちが水葵にはわからない器具を準備しながらお喋《しゃべ》りをしている。

「若先生のお友達もレベル高いですよね。背が高くて、こう、しゅっと全体に引き締まってて」

「救急に運ばれてきた人でしょう？　可哀想だったよね。首にくっきり痕ついてた。若先生の高校時代の親友なんだって？」

「うわ、それじゃあ若先生がテンパっちゃうのも無理ないね。知った顔が殺され掛けたとこを発見しちゃうなんて……想像するだけで泣きそう」

「どうしてまだ目を覚まさないんだろうね？　若先生、自分が処置したのにって、責任感じちゃったりしないかな？」

「うわ、それきつい……」

「若先生ってまだすれたトコないですもんね。ありえそうですう」

からり、からりと、点滴の下がった台を押しながらパジャマ姿の老人が歩いてゆく。看護師たちの話に耳をそばだてながら水葵はさりげなく壁際に寄って老人の進路から退《の》いた。廊下の奥へと消えるのを見送ってから再び歩き出す。でも、辿り着いた部屋に水葵の軀はなかった。元々、人の出入りが激しい開放的な部屋で入院用のスペースでないのは明らかだったので驚きはない。ひとまず入院病棟に自分捜しの旅に出る。

黒須の病院はどこも綺麗で、高級感すら漂っていた。時々政財界の大物が入院したとニュースで報じられるだけの事はあり、最上階のフロアには病室というよりホテルのスイートのように広くゴージャスな部屋がゆったりと配置されている。階下の庶民向けの大部屋から捜索を開始した水葵は、そんな特別室の一つで己の軀を見つけて青くなった。

『黒須の奴、大部屋に空きあるのに、なんでこんなとこに入れるんだよ。部屋代、俺に払えんのか?』

枕元には薔薇の花束が飾られていた。これも黒須が届けさせたのだろうか。ずかずかと歩み寄り乱暴に腰を下ろすと、水葵はシーツに手を突き、己の寝顔を見下ろした。

さて、どうしたらいいんだろう。

水葵は試しに念じてみる。戻りたいと。

『んーっ』

五分経っても変化はない。仕方ないと溜息《ためいき》をつき、水葵はおそるおそる手を伸ばして己の頰に触れてみた。

骨まで染み入るような冷たさが軀の中を駆け抜ける。我慢してそのまま戻りたいと念じてみるが、やっぱりどうにかなる気配はない。ついには気が遠くなってきて、水葵は諦めた。ぽすりと糊《のり》の利いたシーツの上に倒れ込み、冷え切った片手を抱え込む。

『本当にもー、どうすればいいんだよ……』

窓から差し込む光が赤みを帯び始めていた。もうすぐ一日が終わる。

勢いをつけ足もベッドの上に跳ね上げると、水葵は自分の腕を枕に本体を見つめた。

『あんた、俺なんだろ？　少しは協力しろよ』

話し掛けたところでもちろん返事はない。

眠り姫を起こす定番は接吻《せっぷん》だが、効果があるとは思えなかった。大体、自分で自分にキスするなんてナルシスティックに過ぎる。

どうしたものかと途方にくれていると、ジャケットの裾を引っ張られた。

『……ん？』

素早く起き上がると、パジャマ姿の子供が水葵を見上げていた。

『何？　どした？』

匠と同じくらいの年の子だ。日本人ではない。ふわふわの髪はプラチナブロンド、瞳は目の醒めるような青だった。

小さな拳でぐいぐいと水葵を引っ張る子供の目は今にも泣きそうに潤んでいる。

「ままのとこ、かえりたい……」

『ママ？　迷子か？』

知らない子ではあるが頼られては放っておけない。子供を抱き上げて立ち上がり、水葵はぎくりとした。

開け放たれたままになっている入り口に点滴の台に掴まった老人が立っていた。この病室を捜し当てる前、別の場所で見たのと同じ老人だ。虚《うつ》ろな表情で室内を見つめていて少し気持ち悪い。けれど、退いてもらわない事には部屋から出られない。

子供は老人が怖いようだった。水葵のジャケットを力一杯握り締め、離そうとしない。

まあ、だっこしたまま横を通してもらえばいいかと思った時だった。ワゴンを押した看護師が部屋の前を通り過ぎた。――老人の軀を通り抜けて。

背筋にざわっと震えが走った。あの老人、実体がない。

『嘘だろ……！』

自分も幽霊である事など関係なかった。

怖い。

逃げ出したいけれど、腕の中には震えている子供がいる。この子をママに返してやらなければならない。

ぽんぽんと子供の背中を叩《たた》いてやりながら待ってみるが、老人は微動だにしない。これ以上は脅えきった子供には酷だろう時が過ぎると、水葵は腹をくくった。

あの老人も自分も同じ霊魂だ。何かやられても、やり返す事くらいできるに違いない。

……多分。

思い切って足を踏み出す。

『悪い。そこ、通してくれる？』

まずはにこやかに話し掛けてみる。皺《しわ》だらけの顔からは聞こえているのか聞こえていないのか読み取れなかったけれど、老人はのろのろと水葵に顔を向けた。

『もうすぐ夕食の時間みたいだ。おじいちゃんも部屋に帰らないと』

皺だらけの顔がまたゆっくりと元の方向へ戻される。老人が、からり、からりと点滴の台を押しながら歩き出し、水葵は心底ほっとした。とりあえずは老人と逆の方向へと歩き出す。

『ママがどこにいるのかわかるか？』

「……わかる」

『わかるのか。どこなんだ？　そこまで送ってやろうか？　それとも一人で帰れる？』

「ひとりで、かえれる」

子供はあの老人が怖かっただけらしい。水葵が下ろしてやると、ぱたぱたとスリッパを鳴らしてどこかへ去って行った。

一人になると、水葵は階段に向かった。さっきまではこの病院の中で夜を過ごせばいいと思っていたけれど、幽霊がいると知っては無理だ。

すぐ横にエレベーターがあったけれど、水葵には乗れない。ボタンさえ押せれば楽に地上まで降りられるのにと考えつつ階段を下り始め、水葵ははっとした。

『俺、何でさっきの子、抱けたんだ？』

水葵はものや人に触《さわ》れたり触れなかったりする。そのあたりは自分が触《ふ》れられると思うか否かに左右されるらしい。触れた場合も、自分以外のものに干渉できるわけではない。ドアノブはひねられないし、ボタンは押せない。当然、子供を持ち上げるなんてできるわけない。

——え……え？

眩暈すら覚え、水葵はよろよろと手摺《てす》りに掴まった。老人だけでなくあの子も幽霊だったのか？

気づいてしまったらもう駄目だった。水葵は全速力で階段を駆け下りた。そのまま走って黒須のマンションに向かう。家族団欒《だんらん》を邪魔して申し訳ないが、誰かと一緒にいたい。そもそも幽霊というものは傍若無人なものだ。ポルターガイストを起こしたり、脅したりしないだけよしと思ってもらおう。

適当な住人が来るのを待ってエレベーターに乗る。今度は階数を言っても聞こえないようなので住民と一緒に降り、残りは非常階段を上って最上階に戻った。

日はすっかり落ちている。玄関の扉を壁抜けすると、クラウスが走ってきて歓迎してくれた。すでに家政婦の靴はない。

子供の声に引き寄せられるようにしてリビングに入ると、黒須がコットンシャツとジーンズというラフな姿でパソコンをいじっていた。匠は足元にうずくまり、うーうー唸《うな》りながら玩具《おもちゃ》の車で遊んでいる。

スマホが鳴り、黒須が素早く通話に出た。

「——ああ、久しぶりだな、南《みなみ》。元気だったか？　悪いな、急に連絡して」

相手の名前を聞いた水葵の足が止まる。

……南？　懐かしい名前だ。

「——ああ、そうか。はは、俺は相変わらずだ。ところでおまえ、香月と仲良かっただろう？　今でも連絡取っているのか？　——ああ、——ああ。何でもいい、あいつについて知っている事があったら、教えて欲しくてな。——いや。俺もニートだって事くらいしか知らなくて——ああ、悪いが、他にあいつの事、知っていそうな奴がいたら——ああ——」

ノートに何かが書き殴られる。水葵は黒須の隣に座った。すでにあちこちに電話を掛けた後らしい、ノートには水葵に関する様々な情報が記されていた。

『俺の事、調べてるのか』

早朝から走り回されて、疲れているだろうに。

反対側からスマホに耳を寄せると、古い友人の声がかすかに聞こえてきた。

――悪い、卒業してから会ってないんだ。職についてないって風の噂《うわさ》で聞いた。でも、何で急にこんな事――そうか、わかった。俺にできる事があったら言ってくれ、何でもする――とはもう家族もいるから言えないが、できる限りの協力はするよ。大丈夫だ、あいつは殺しても死ぬような奴じゃない。回復したら連絡しろよ。飲みに行こうぜ。

水葵は足をソファの上に引き上げ、膝《ひざ》を抱えた。久々に聞く友人の声は優しかった。

通話を切ると同時にまた着信音が鳴る。

「――ご無沙汰しております、香月のおばさん」

黒須の言葉に水葵は肩をびくりと揺らした。

『……母さん?』

母はひどく動揺しているようだった。

――久しぶりね、黒須くん。遅くなってごめんなさい。ずっと電話が来ている事に気がつかなくて、さっきようやく警察に行ってきたところなの。あなたが水葵を見つけてくれたんですって? 一体何があったの?

「俺もそれを知りたいんです」

深みのある黒須の声が心強く耳に響く。

――私、あの子の事、何にも知らなかった。あの人たち、水葵がゲイだって言うの。それで

――男の人たち相手に、変な仕事してたって。

時々変に声が上擦るのは、泣いているからだろうか。

じりじりと胸が焼ける。

「でも、私、信じられないの――ねえ、黒須くん、本当なの？　水葵は――」

「おばさん」

興奮してゆく母と反対に、黒須の声は凪《な》いでいた。

「香月がゲイだと、何か問題ありますか？」

水葵は息を詰めた。母の声は聞こえない。

「『変な仕事』については俺も信じられません。でも、香月は馬鹿じゃない。もし本当にそんな事をしていたなら、きっと何か理由があったんだと思います。俺はそれを突き止めるつもりです」

水葵は膝に顔を埋めた。目の奥が熱い。

『黒須……。なんで……？　なんでなんだ……？　あんた、俺を嫌ってたのに……、俺はあんたに、酷い事、したのに……！』

どうしてそんな風に言ってくれるんだ……？

とどめを刺されたような気分だった。こらえきれず、ぐすんと鼻を鳴らすと、匠が玩具の車を転がすのを止めて水葵を見た。

——そうね。そうよね。あの子が同性を好きでも、別に問題はないわ。孫を抱けないのは残念だけど、今は結婚すらしない人も多いって言うし。——ごめんなさい。私ちょっと……動転してしまっていたみたい。

「仕方ありませんよ。正直なところ俺もまだ、気持ちの整理がつかない。——大丈夫ですか？」

母をいたわる黒須の声の優しさに、胸の奥が絞られるように痛んだ。

——大丈夫。ええ、大丈夫よ。あの子の事は黒須くんが診てくれているんでしょう？　何かあったら、連絡してくれる？

「もちろんです。香月は俺にとっても大事な存在です。全力を尽くします」

水葵は腹が出るのもかまわず、カットソーの裾を引っ張り、涙を拭いた。

優しい男。こういう奴だから好きだった。いや、今でも好きだ。それどころか今この瞬間に惚れ直した。

嗚咽《おえつ》する水葵を、クラウスがぴすぴすと鼻を鳴らして慰めようとしてくれる。黒須は電話を切ると、ぽかんと口を開けたまま動かなくなってしまった匠に気づき抱き上げた。

「どうした。眠くなってしまったか？」

ふるふると首が振られる。

「あのね、おにいちゃんが」

「ん？　おにいちゃん？」

「いたいいたいって」

匠はじいっと水葵を見つめている。何もない場所を見つめているように見える子供に黒須は首を傾《かし》げた。

「イマジナリーフレンドって奴か……？」

水葵が泣きながら吹き出した。

「そんな事よりたくみ、そろそろお風呂に入ろうか」

黒須がリビングを出て行く。

「くらうすもいっしょ？」

「クラウスのお風呂の日はもっと先だよ」

甘く優しげな声が遠ざかってゆき、明かりが落とされる。

暗くなった部屋の中、水葵はごしごしと顔を擦った。

いにしえの悪夢と再会したのは、その翌日の事だった。

＋　＋　＋

翌朝、水葵は黒須と一緒に病院に出勤した。

「おはようございます、若先生」

「おはよう」

「おはようございます。聞いたよ。昨日は大変だったんだって？」

院内を闊歩《かっぽ》する黒須に次々に声が掛けられるけれど、すぐ後ろを歩く水葵に気づく人はいない。

「若先生、おはようございます。院長が戻られていますよ」

事務員らしき女性が黒須に話し掛ける。

耳に入った言葉を頭が理解するまで少し時間がかかった。

黒須病院の院長——黒須の父親。

『あいつがここにいるだと……？』

どうして忘れていたんだろう。あいつはこの病院にいて当然の存在なのに。

足が根でも生えたように動かなくなる。呼吸まで速く浅くなってしまい、水葵はカットソーの胸元を握りしめた。

「もう帰って来たのか。ずっと帰ってこなくていいのに」

「もう、若先生ったら。今は昨日、特別室に入った香月さまを診にいらっしゃってます」

すうっと血の気が引くような感覚に襲われる。あいつが自分の肉体の傍《そば》にいる——？

黒須の顔からも表情が消えた。眼鏡に陽光が反射し、白く光る。

「あの……？」

「——いや、何でもない。ちょっと特別室に行ってくる」

長い白衣の裾が翻る。

小さな声が聞こえた。

「——くそ、香月に何かしたら、今度こそ許さない……！」

『へ？』

水葵は目を瞠《みは》った。

『黒須——あんた、何を知ってるんだ？』

黒須に水葵の声は聞こえない。水葵は行きたくないと愚図る足を無理矢理動かし黒須のあとを追った。階段を駆け上り、特別室のフロアに入ると、昨日は開け放たれていた特別室の扉が閉ざされている。

黒須が勢いよく引き戸を開けた刹那、様々な光景が頭の中を駆け巡った。

埃《ほこり》をかぶった調度の数々、かつては豪奢《ごうしゃ》であっただろう、荒れ果てた部屋。

忘れたかった記憶の蓋が、悲鳴めいた軋《きし》み音を上げ開いてゆく。

「こんにちはー」

「ああ、すまないね。急に変な事を頼んで」

「いえ、割のいいアルバイトを紹介してもらえるのはありがたいです」

「そう言ってもらえると嬉しいよ。こっちだ」

威圧的にそびえ立つ門をくぐり、まだ高校生の香月は驚愕《きょうがく》した。あまり手入れされていなかったらしい敷地には、鬱蒼《うっそう》と木が茂っていた。敷地は広く、果てが見えない。

——都心の一等地にこんな場所があるなんて。

「ここには私の祖母が住んでいたんだが、最近母屋を弟が、離れを私が相続してね」

香月の前を歩いているのは、黒須の父だ。

この話は、一志《かずし》には内緒にしてくれるかな。

黒須の父がそんな風に話を持ち掛けてきたのは、黒須の家に遊びに行った時だった。黒須は飲み物を取りに行っていて席を外していた。挨拶くらいしかした事のない相手からの突然の話に戸惑いを覚えたものの、香月は快く了承した。黒須の家族にはいい印象を与えておきたかったからだ。

黒須の父が砂利の敷かれた細い小道を進んでゆく。そのあとについて歩きながら、香月はきょろきょろとあたりを見回した。

初夏だった。

母屋にはもう人が住んでいるらしい。前庭に薔薇が咲き誇っている。

黄色にピンク。それから、血のように赤い薔薇《クリムゾングローリー》。

「さ、どうぞ」

黒須の父が示したのは、こぢんまりとした一軒家だった。趣のある古い洋館で、窓には格子が入っている。

黒須の父はこの離れを黒須への誕生日プレゼントにするつもりらしい。香月の仕事は掃除と、引き渡しまでに内部にどう手を入れるべきか相談に乗る事だった。庶民には理解できないスケールのプレゼントである。

中に入ると、家具には埃除けの布が掛けられていた。革のソファに、クラシカルなチェスト。様々なブランドのティーカップが陳列されたカップボードもある。

「革のソファはデザインが時代遅れだから買い直そうと思っているんだよ。若者の目から見たらどうかな?」

「何というか、ロックで格好いいと思いますけど——ちょっともう、座り心地が悪くなってしまってるみたいですね」

試しに座ってみて、香月は苦笑した。

ずっと放置されていたのだろう、革にひびが入ってしまっている。でも、かつてはとても立派だった事はわかった。要所要所にあしらわれた花の意匠は華やかで女性が好みそうだ。

「これはお祖母《ばあ》さまの趣味ですか？」

「いや、ここは歴代の当主が愛人を囲っておく場所だったんだ。これは祖父の愛人の趣味だろうね」

香月は絶句した。

愛人？

何だか、薄ら寒い気分に襲われる。

「こっちの階段は二階の寝室に繋《つな》がっている」

促され上ってゆくと、重厚な天蓋のついた大きな寝台が部屋の中央に据えられていた。すでに埃除けの布は剝かれており、寝具も清潔なものに替えられているようだ。一階と同じく窓にはすべて格子が入っており、息苦しいような閉塞感がある。

「ちょっとちくっとするよ」

「え？」

針で刺されるような痛みが走った。

「おはよう、一志。どうした、血相を変えて」

あの男が、水葵のベッドの傍に立っている。十年という年月を経て少し老いたものの、白衣を纏った姿は相変わらず押し出しがよくいかにも柔和そうで、蛇のような本性は窺い知れない。痕が残らないよう裏打ちされた革のベルトできつく締め上げられた記憶がまざまざと蘇《よみがえ》り、水葵は無意識に手首をさすった。

「そりゃあ、あなたにまた変な悪戯《いたずら》をされたらたまらないからな」

黒須の態度は刺々《とげとげ》しい。かつて、噂通りの豪邸で見た時は、こんなではなかった。うるさそうな顔をしつつも黒須は父親に、それなりの尊敬や情愛を示していたのに。

「人聞きの悪い事を言うのはやめなさい、一志」

「本当の事だろう？　あなたはかつて、俺の親友を玩具にしていた」

ガツンと、頭を殴られるのにも似た衝撃が水葵を打ちのめす。

『なにおまえ、知ってたわけ……？』

あの時、水葵は最初、自分に何が起ころうとしているのか理解できなかった。だって、黒須の父親で大きな病院の院長だ。屋敷で会うといつも穏やかな笑みを向けてくれるこの男が、息子の友人を害するとは思えなかった。でも、戸惑い、本気で反抗していいものか迷っている間に、水葵は両手を拘束され、寝台に繋がれてしまった。そういうプレイのためなのだろう、よくよく見てみれば、寝台の天蓋にはフックや滑車がついていた。

注射されたクスリがあっという間に効力を発揮し、四肢から力が抜ける。軀の奥底から湧いてくる熱に身悶《みもだ》えする水葵の下肢から服を取り去ると、この男は楽しそうに水葵の軀をまさぐり始めた——。

惨めだった。

怖くて、怖くて。でも、何を言ってもこの男は耳を貸してくれなくて。いやなのに、クスリのせいで軀は熱くなってしまって、いやらしい事をして欲しくてたまらなくて。

十年も前の話である。何もかも忘れていたつもりでいたのに。

込み上げてくる吐き気に、水葵は口元を押さえた。部屋の中に入る事はできず、扉の横の壁に背を預けしゃがみこむ。

「偉そうな事を言うな、一志。この子を見つけたのはおまえだと聞いたぞ。約束を破ったのか？」

「いいや。単なる偶然だ。でも、あんな約束、守らなければよかったと今は思ってる」

『約束……？』

水葵は扉に摑まり、病室の中を覗き込んだ。院長の口元から笑みが消えている。

「一志」

「あそこで手を引かずに俺のものにしておけば、こいつが変な仕事に手を出す事も、男に殺されかける事もなかった」

冷静に父親を弾劾する黒須を、水葵は凝視した。

俺のもの？　黒須は――何を言っている？

甘美な響きに心がとろりと蕩《とろ》けてしまいそうになる。でも、黒須の言葉に、水葵が望む通りの意図があるわけなかった。だってあれから、黒須は目を合わせもしなかった。

水葵は嫌われてしまったのだ。

心が虚ろになってゆく。

壊れた人形のように打ち捨てられていた水葵を拾ってくれたのは、医者としての義務感か、黒須がかつての級友を見捨てられるような下衆《げす》ではなかっただけだ。

「馬鹿な事を言うな。おまえはこの病院の跡取りなんだぞ？」

父子の言い合いは険悪さを増してゆく。

「それはあなたの勝手な都合だ。従う気はない」

「一志、いい加減にしなさい！　おまえには香月くんの担当から外れてもらう」

「断る」

「上司としての命令だ。わきまえなさい」

「わきまえろはこっちの台詞《せりふ》だ。自分の立場がわかっているのか？　香月や叔父さんの奥さん、それから一部の看護師にあなたがしてきた事を知ったら、母さんだってあなたを見限る」

院長の眉間《みけん》に皺が寄った。

「……何だって？」

「まさか、気づかれてないと思っていたのか？」

水葵は息を詰め、一連のやりとりに耳をそばだてていた。

叔父の妻？　一部の看護師？　自分以外にもこの男は酷《ひど》い仕打ちをしてきたのか？

唐突に院長の口元に笑みが戻ってきた。肩を竦め、院長はさもおかしそうに取り繕う。

「一志、何を耳にしたのかは知らないが、それは誤解だ。私が看護師に手など出すわけないだろう？　まあ、ちょっと冗談が過ぎた事があるかもしれないが――」

「あなたは最低だ」

蔑むような目で見下ろされ、院長は固まった。膚が見る間に赤黒く変色してゆく。

「父親に向かって何だその態度は！　出流《いずる》の影響か！」

黒須は溜息をついた。

「いいや。血だ。身内だろうとこうと思ったら容赦しない。誰に迷惑が掛かろうがやりたい事をやる。……本当に俺はあなたにそっくりだ」

黒須の口元に浮かんだ笑みは、ぞっとするほど冷たかった。

院長の唇が震える。だが、言い返す言葉が見つからなかったのだろう、憤然と踵《きびす》を返すと病室を出て行ってしまった。

「さて」

一人になると、黒須はナースコールを使って看護師長を呼び出し、車椅子を持ってくるよう指示した。

「失礼いたします」

すぐに男性のように髪の短い年輩の女性が入ってくる。

「若先生、おはようございます」

『おはようございます』

黙っているのも落ち着かなくて、水葵も挨拶する。

「おはよう。悪いね、いきなり呼び出して」

「どうなさったんですか。今すれ違った院長先生、すごい顔してましたよ」

「そうだろうな」

黒須は車椅子を受け取り畳んであった座面を広げた。看護師長も手を貸し、あっという間に使える状態になる。

『何を始める気だ？』

準備が整うと、黒須は入り口の引き戸をぴったりと閉めた。張りつめた雰囲気に、看護師長の表情も引き締まる。

「悪いが、協力して欲しい。無理にとは言わない。ただ、断るならせめて黙っていて欲しい」

「お話によります」

黒須は扉に寄り掛かると、腕を胸の前で組んだ。

「香月をここから連れ出したい」

「意識がまだ戻っていないのにですか？」

「意識がないからまずいんだ。父に何をされても抵抗できない」

看護師長の目が据わった。

「院長がこの方に手を出すと？」

「もう出してる。父はガキだった俺の目を盗んで、こいつを玩具にしていた」

看護師長は顔を顰《しか》めた。でも、黒須の言葉を疑う様子はない。おそらく彼女も院長が今までにしでかしてきた事を知っているのだ。

「看護師たちに気をつけるように通達するだけじゃ、駄目なんですか」

黒須は小さく勢いをつけて扉から離れると、寝台で死んだように眠る水葵に歩み寄った。

「今、父とやりあった。父の性格は知っているだろう？　俺への報復のため、やっきになってちょっかいを出してくるに決まってる」

大きな掌が頬を包む。

甘い痺《しび》れがぞくぞくっと背筋を駆け上り、水葵は思わず己の軀を抱いた。

「俺はもうこいつを傷つけたくないんだ」

幽霊なのに軀が熱くなる。告白されたような気分になってしまったのは、きっと真摯な声音のせいだ。

「私に何をして欲しいんですか？」

「まずは車椅子を押して目立たないように連れ出して欲しい。俺がやったら確実に父から遠ざけるために連れ出したと思われるだろうからな。俺はその間に車を捕まえておく」

「院長にはどう説明します？」

「検査に連れて行こうとしたら途中でこいつの意識が戻り、制止を振り切って病院から出て行ってしまったという筋立てにしようと思っている」

看護師長は頷いた。

「悪くないと思います」

話が決まると二人は、夜勤との引継やミーティングでスタッフの目が減る時刻を狙って移動を開始した。看護師長が水葵の車椅子を押して一旦検査棟まで移動し、監視カメラの死角を縫うようにして外へ出る。裏手から敷地を抜けたところでタクシーで待っていた黒須に水葵を引き渡すと、看護師長は仕事に戻っていった。仕事で慣れているおかげか二人とも非常に手際がよく、水葵はあっという間に病院からの脱出を果たす。

マンションに帰り着いた黒須がインターホンを押すと、匠がぱたぱたと走ってきて扉を開けてくれた。ダディが帰ってきてくれて嬉しいのだろう、ふにゃっと微笑んだものの、黒須が子供抱きにしている水葵に気がつくと固まってしまう。

「う……？」

くりくりとした目が霊体の水葵と黒須が運んでいる本体《ボディ》の間を忙しく往復する。同じ顔が二つあって混乱しているのだ。困ったなと思っていたら、黒須がおいでと匠に声を掛けた。

そのまま廊下を進み、扉の一つを匠に開けてもらう。黒と白でコーディネイトされた部屋は、黒須の部屋らしかった。綺麗にメイクされたベッドに水葵を横たえ、黒須は匠を抱き上げる。

「たくみ、この人は香月水葵っていうんだ。今日からここで一緒に暮らす。俺のとても大事な人だ」

「らいじな、ひと……」

黒須の胸にもたれ掛かった匠はベッドに横たわる水葵を見下ろした。それから傍で話を聞いていた霊体の水葵を見る。黒須もつられたように視線をやったが、やはり水葵は見えないらしい。

「たくみも仲良くしてくれるかな?」

少し考えていたものの、匠はこっくりと頷いた。

「……ん」

『ありがとう。よろしく頼むな』

水葵がぷっくりした頬をつつくと、匠は恥ずかしそうに黒須の胸に顔を伏せてしまった。

次いで顔を出した家政婦に、黒須が頭を下げる。

「前田さん、いきなり一人増えて申し訳ありませんが、よろしくお願いします。もし何か変化があったら連絡してください」

「大丈夫よ。私も昔は看護師だったんですもの、心得てます。いってらっしゃい」

五分も経たないうちに黒須はまた病院へと戻って行った。時計を見れば、朝、このマンションから出勤して行ってからまだ一時間も経っていない。恐ろしい早業である。

『ありがと、黒須。助かったぜ』

水葵は黒須の寝室へと戻ると、己のベッドに腰を下ろした。白いレースのカーテン越しに差し込む柔らかな午前の光が、眠る自分を照らし出している。開けっ放しになっていた扉から飛び込んできたクラウスがベッドに飛び乗りすぴすぴと甘えた鼻声を上げながら顔を舐《な》め始めると、水葵はその長い毛並みに覆われた軀にもたれ掛かった。

『こら、クラウス。俺の顔を涎《よだれ》だらけにするな』

手入れの行き届いたもふもふとした感触が心地いい。のっぴきならない状況に陥っているというのに、心がほっこりする。

『とうに諦めたつもりでいたのになあ。おまえのご主人様、何考えてんだ？　なあ、教えろよ、クラウス』

おんん、とクラウスが嬉しそうな鳴き声を上げた。

＋　＋　＋

『おかえり、黒須』

　水葵は夜遅く帰ってきた黒須を、匠やクラウス、前田と一緒に玄関で出迎えた。

「何だ、こんな時間まで起きていたのか？」

「ダディのお迎えするんだって聞かなくて」

　匠を抱き上げる黒須の目の優しさに、水葵の胸はじくじく痛む。

「よし、じゃあ、ベッドへ行くぞ」

　髭の浮き始めた顔で頬摺りされたのに、匠は少し身をよじっただけだった。もう眠くてたまらないのだ。

「お食事は」

「軽くていいので、お願いします」

　クラウスを従えて黒須が入って行った部屋を覗いてみる。カラフルな玩具が散らかり棚の上には絵本が並んでいたけれど、家具はすべて大人サイズで子供部屋らしくない空間だ。将来買い換える手間を惜しんだのだろうか。

　こんな立派なベッドでおねしょされたらいやだろうになどと考えているうちに、黒須が匠を寝かしつけ終わり部屋から出てきた。カウンターに置いてあった料理を、自分でテーブルに運ぶ。

「ありがとう、前田さん。もう、休んでくださってかまいませんから」

「あら、いいんですか?」

「ええ。今日も一日、お疲れさまでした」

家政婦がエプロンを外した。

「それじゃ、お休みなさい」

帰宅するかと思いきや、ゲストルームらしい一室に入ってゆく。

一人リビングに残り、ボリュームを絞ってテレビをつけた黒須の前の席に水葵は座った。

『俺、今日はずっとこの家にいたんだ』

黒須が椀《わん》と箸を取り、味噌汁《みそしる》を一口啜《すす》る。油揚げと豆腐が入った味噌汁はいいにおいがして、いかにもおいしそうだ。

『あんたがいない間に何とか軀に戻ろうと思ったんだけど、駄目だった』

茶碗に盛ってあるのは圧力鍋で炊いた玄米で、胡麻塩が掛かっている。

『そういや、たくみくんて滅茶苦茶可愛いな。今日、おやつがプリンだったんだけどさ、半分食べたところでカップとスプーン持って椅子から下りてきたんだ。何をするのかと思ったら、俺にあーんって分けてくれようとした』

座面に載せた片膝を抱き、ふふ、と笑う水葵には目もくれず、黒須は白い器に盛られた煮物を口に運ぶ。

『でも俺、幽霊だし、プリンなんて食べられるわけないだろ？　だから、虫歯があって歯医者さんにプリン食べたら駄目って言われてんだって断ったら、目をまん丸にしてさ、よしよしって頭を撫でてくれた。あれって、黒須が仲良くしてくれって言ってくれたからだよな』

ぽりぽりと漬け物を齧《かじ》る音が、テレビの音しかない部屋に響く。

水葵は俯《うつむ》いた。クラウスの鼻先が垂らした指先をつついてくれているけれど、胸にぽっかりと空いた空洞は埋まらない。

『一人で喋るのって虚しいな』

食べ終わった食器を重ねると、黒須は席を立った。簡単に片づけ、バスルームへと入ってゆく。力なく椅子に沈み込んだまま水葵は廊下の先から聞こえてくる水音を聞いていた。

淋しい。

こんなにも近くにいるのに黒須は水葵を見てもくれない。どう働き掛けても存在自体を黙殺される。

『ここに俺はいない……』

ここに至って、水葵はようやく恐怖を覚えた。

これでは本当に死んでいるのと変わりない。もし、このまま永遠に軀に戻れなかったら——

どうなってしまうのだろう。

水葵は椅子の上で膝を抱える。いても立ってもいられなくなってしまい、目に掛かる長い前髪を落ち着きなく掻き上げる。

死んでたまるか。

母に対して、黒須は水葵を〝大事な存在〟と表現した。あんなに水葵を忌避していたのにだ。真意を問い質《ただ》したい。助けてくれた礼も言いたいし、院長との会話の意味を知りたい。

あんたは、どういうつもりで俺のものという言葉を口にしたんだ？

まさか、本当に好き――？

『あー、早くはっきり否定してもらわないと、おかしくなりそうだぜ』

熱に浮かされたような気分でそわそわしていると、黒須が寝室から出てきた。バスルームから直接寝室に抜ける扉を使ったのだろう。

もう寝るのだと思っていたのに、黒須は厚みのある軀に新しいシャツとジャケットを纏っていた。

『黒須、何だよその格好』

心配そうに足下にまとわりついてきたクラウスの頭を黒須が撫でる。

「前田さんもいてくれるが、たくみと香月の事を頼むぞ、クラウス」

『おい！』

どこかへ出掛けるつもりだ。

水葵は慌てて後を追い、玄関から飛び出した。もう真夜中だっていうのに、どこへ行こうというのだろう。

置いてけぼりを食らわないよう、ジャケットの裾を握り同じエレベーターに乗り込む。箱が動き出すと水葵は手摺りに寄り掛かり、黒須の様子を子細に観察した。

ネクタイはしていない。色気を感じさせるグレーのカラーシャツのボタンは上から二つが外されているし、腕にはめているのは学生時代に使っていたのと同じ、盤面がメタリックブルーの腕時計だ。

エレベーターが地下の駐車場で止まると、黒須はつかつかと歩いてゆく。足を止めたスペースには、スマートな外国車が止まっていた。

『ぼんぼんめ……！　俺もこーゆー車欲しいぜ……！』

黒須が長身を折り曲げるようにして車に乗り込んだので、水葵も大急ぎで助手席に乗り込む。交通量の減った通りを黒須はナビも使わず走ってゆく。でも、十分も経たないうちにドライブは終わった。コインパーキングに駐車された車の中で、水葵は己がどこにいるのか理解する。水葵が倒れていたビルがすぐ横に見えた。

『黒須……？』

車から降りた黒須は躊躇《ちゅうちょ》なく中へと入ってゆく。エレベーターに乗り込んだ黒須が押したボタンの番号を見た水葵は、誰にも見えないのをいい事に、その場にヤンキー座りした。

黒須が向かっている四階には、水葵が通っていたゲイバーがある。

『うっわ、最悪……。帰ろーぜ、黒須。こんな時間から飲んだら明日に差し支えるぞ。大体あんた、こんなところ来て何するつもりだ』

ぐちぐちと言ってみるがもちろん黒須は止まらない。おまけにエレベーターが到着して扉が開くのと同時に、待ってましたとばかりにゲイバーの扉が開いた。

「こんばんは」

「こんばんは。あは、本当に来てくれたんだ。どうぞ、入って」

白いシャツに黒いジレ、黒いネクタイを締めたマスターが黒須を店内に招き入れる。あまりがっついた雰囲気でないのが特徴のこのゲイバーは、平日でもそれなりに客が入っていたのに今日はやけに静かだった。

『何で誰もいないんだ……？』

がらんとした店内を見回している間に、黒須がカウンター席に座る。

「今日は定休日だったんですか？」

「そうじゃないけど、警察の人が来たりしたから。しばらくは来ない方がいいって噂が広がっちゃって」

『俺のせいって事か！　ごめん、マスター……』

水葵は両手を合わせ、頭を下げた。己の性癖を隠し日常生活を営んでいるゲイにとって、警察につきまとわれるなんて、もっとも避けたい事態である。

「ま、たまにはゆっくりするのもいいよね。何飲む？」

「……ペリエを」

マスターが栓を抜いた瓶を差し出すと、黒須はグラスには注がず、直接呷《あお》った。水葵も隣のスツールに腰を下ろす。

「ふふ、ワイルドな飲み方するね。意外だな」

「上品ぶるのは好きじゃない」

「高いイタリアブランドのシャツ着てるくせによく言う」

マスターはラム酒のボトルを取ると、自分のグラスの上で傾けた。ストレートで口に運ぶ。

「香月くんの様子はどう？」

「今のところ問題ありません。……ああなる前、香月はここにいたんですか？」

「うん、いたよ」

聞こえないとわかっていても黙っていられなくて、水葵は懇願した。

『マスター、頼むから変な事は言わないで。ほんと、お願い』

「あいつが売りをやっていたという話を聞いたが、本当なのか？」

黒須の質問に、それまで薄く媚《こ》びさえ浮かんでいたマスターの目が温度を下げた。

「そういう事、興味本位で聞いて欲しくないなあ」

「興味本位じゃない」

「へえ。――そういえばこの間聞こうと思って忘れちゃったんだけど、あのわんこ、なんて名前なの？　よかったらまた遊ばせてもらえないかな」

あからさまに話題を変えようとするマスターに、黒須も微笑む。

「香月の首を絞めたっていう男について教えてくれるなら、いくらでも」

ぞくぞくっと背筋に震えが走った。

凄みのある笑みは同時に膚が粟立《あわだ》つほど艶っぽい。一体いつから黒須はこんな顔をするようになったのだろう。

マスターがカウンターに肘を突いた。

「君さあ、刑事じゃなくてお医者さんなんだろう？　どうしてそんな事聞きたがるんだい？　男同士、惚れた腫れたで揉めてんのがそんなに面白い？」

「いいや、ちっとも面白くないな。むしろはらわたが煮えくりかえりそうだ」

落ち着いた黒須の声は他に人のいないバーの中、やけに響いた。強い視線はマスターの顔から一時たりとも逸らされない。

「じゃあ、元親友だからだとでも言う気かな？　十年もほったらかしにした後じゃ説得力がまるでないけど」

「なくて結構。そんな理由じゃないからな」

ペリエをもう一口飲み、黒須ははっきり言い放った。

「惚れた相手が殺され掛けたんだ。黙ってなんかいられるか」

時が止まる。

黒須の横顔を、水葵は凝視した。

『は？　惚れた相手？　……誰にとって、誰が？』

「……お医者さんでこれだけのハンサムで、お金持ち。着ている服だって超一流」

カウンターの向こうから伸ばされたマスターの手が、黒須のシャツの襟に触れる。

「どんな女だってよりどりみどりだろうに、どうして香月くんを？」

「あいつは、天使だ」

『は？』

水葵はカウンターに摑まった。そうしてないと、スツールから転げ落ちてしまいそうな気がした。

「あいつと一緒にいると、幸せな気分になれるんだ。こっちが助けを必要としていると、さりげなく手を差し伸べてくれるし、仕草も表情も可愛くて、見ていて飽きない。おまけにベッドの中では死ぬほど色っぽい」

『はあ？』

「寝た事、あるんだ？」

「ああ、一度だけ。すごかったぞ」

黒須が恍惚《こうこつ》と語る。

「感じやすくて、ちょっと触ってやるだけでたまらないって顔で身悶えするんだ。恥ずかしそうに目を潤ませるのも可愛いし、挿れるときゅうきゅう締めつけてくれて……最高だった。あいつとのセックスを経験したら、もうほかの奴なんて抱けない」

「あれ？　僕、のろけられている？」

マスターが口笛を吹くと、さすがに黒須も照れくさくなってしまったらしい。

「何か文句あるか」

「ないない。あはは、そうなんだ。こんないい男に天使とまで言わせるなんて、香月くんも隅に置けないなあ」

『いや、待てって……そんな事、あるわけないって……あんた、一体どういうつもりなんだよ……』

水葵は木目が艶々したカウンターに突っ伏して唸った。恥ずかしくて昇天しそうだ。わけがわからない。黒須はセックスした後、目を合わせてもくれなかったのに。

『……駄目だ、変な期待すんな。黒須はマスターから聞き出すために適当にでっちあげてるだけだ。絶対そうだ……』

──なぜなら、黒須には子供がいる。

「犯人の居場所わかったら、仕返しするつもり？」

「もちろん」

「香月くんとの事は、どうするつもりなの？」

黒須は顎を引き、微笑んだ。

水葵はぎくりとして軀を震わせた。

細められた瞼《まぶた》の奥、光る黒い瞳がまるで獲物を狙う獣のようだった。

「放っておいてもろくでもない事になるだけだってもうわかった。あいつが目覚めたら、何が何でも口説き落として俺のものにする」

一瞬で全身が粟立った。見えないとわかっているのに軀が竦む。でもそれは、怖いからだけではない。

「言うねえ。でも、本当の香月くんを君は知らないだろう？　今まで香月くんのしてきた事全部、受け止めるだけの覚悟が君にあるのかな？」

黒須は迷いなく頷いた。

「ある」

全部嘘のはず、なのに。

マスターはハッピーエンドが待っていると思っているのだろう、上機嫌で手を叩いた。

「オーケイ。君の香月くんへの純愛に免じて話してあげる。香月くんの仕事について僕はよく知らないけれど、彼は客に愛されてたよ。単なる性欲処理の道具としてじゃなくて、一人の人間としてね。井出川《いでがわ》以外にもたくさんいたんじゃないかな。彼に薔薇を捧げたいって思う人が」

黒須の表情は苦々しかった。嫉妬してくれているように見えて、胸が疼く。

「香月くんに言い寄っていた男は井出川って名乗っていたけど、多分本名じゃないね。ここに通っていたのはもちろん出会いを求めてだったけれど、一夜の恋人じゃなくて、ちゃんとパートナーと愛を育みたいって思ってたみたい。以前は〝veil《ベール》〟って店に出入りしてたらしいんだけど、誰に声掛けてもすぐ振られて終わってしまうので、ここに河岸《かし》を変えたって聞いている。本人は験が悪かったんだって思ってるみたいだけど、彼自身の性格の問題だね。彼、空気が読めないんだ。人の心を慮《おもんぱか》る事もできない。でも、昔つきあっていた男なら、彼の詳しい情報を持っているかもしれないね」

「恩に着る。井出川の写真があったら欲しいんだが」

「写真か――。待って」

スマホを取り出すと、マスターは画像を探し始めた。

「他にも何か新しい情報があったら教えてくれ」

「オーケイ。あった」

何枚かの写真が転送される。誰かの誕生日だったのだろう、ケーキを囲んでポーズをとる男たちの背景に、どこかぼーっとした井出川の姿が写っている。

「ああ、そうだ。一つだけ忠告しておくよ。〝ｖｅｉｌ〟もうちと同じ、ゲイバーなんだ。君、すごく魅力的だから、店に入った途端、飢えた獣に襲われちゃうかも」

「ご忠告傷み入る。この情報は、警察には？」

「聞かれなかったから言ってないよ。協力しようと思ってたけど、ゲイだって見下してんのが透けて見えちゃったからやめた。僕のせいで〝ｖｅｉｌ〟のお客さんたちが周囲にゲイだってバレるような事になったら洒落《しゃれ》にならないしね。香月くんには悪いけど、あの刑事が本当に優秀だったら自力で調べて辿り着くよ、きっと」

スマホをしまうと、黒須は席を立った。

「ありがとう。恩に着る」

「ふふ、こちらこそ。面白い話を聞かせてくれて、ありがとう」

――ついて行かなきゃ。

終盤、ずっと呆然《ぼうぜん》としていた水葵ものろのろと立ち上がった。空を飛んだりできない以上、置いて行かれたら戻るのが大変だ。

昔は、売られた喧嘩《けんか》を買うだけで絶対に自分から仕掛けたりしなかったのに、黒須は何が何でも井出川を捜し出して鉄槌《てっつい》を下す気らしい。自分のために何かしてくれようとする気持ちは嬉しいけれど、いやな予感がした。

『なあ、黒須、おまえ、井出川を見つけたら、何する気だ?』

警察に突き出すとか、平和的な報復をするつもりならいい。でも、水葵の直感は違うとわめいていた。井出川を見つけてしまったら、この男はきっと拳にものを言わせる。

『まずい……まずいぞ……』

水葵はごつ、と頭を窓にぶつけた。

昔の黒須はやんちゃだった。知らない十年の間に丸くなった可能性もあるけれど、あやふやな希望に縋《すが》るのは危険すぎる。井出川はむかつくが、黒須が犯罪者になるくらいなら逃げおおせてくれた方がマシだ。

『——でも、どうすればいい?』

考えている間に車はマンションの駐車場に到着する。玄関ではクラウスが出迎えてくれたけれど、匠も家政婦も寝静まっているようだった。

しーっとクラウスに囁《ささや》き、黒須は静かに匠の部屋に入ってゆく。すやすやと眠る寝顔を覗き込み、肩までしっかり布団を掛けてやる優しい仕草に、復讐《ふくしゅう》など断念させねばならないという決意がますます固まった。こんなに可愛い子供がいるのだ。罪を犯させるべきじゃない。

静かに子供部屋を出ると黒須は部屋に戻った。すでに夜明けが近い。勤務の前に少しでも眠るつもりなのだろう、Tシャツとスウェットに着替え、脱いだ服をきちんとハンガーに掛ける。

黒須のベッドには水葵が眠っている。どこで眠るつもりなのだろうと思い眺めていると、黒須は部屋から出て行かず、水葵の眠っているベッドの上掛けを無造作にめくった。

『うっ、そうくるか』

黒須のベッドは大きい。おそらくクイーンくらいのサイズがあり、男二人でも悠々と横になれる。

寝るつもりだったろうに、黒須は無防備に眠り続ける水葵の姿を目にすると動きを止めた。そのまま水葵を見下ろしている。

『何してんだ？』

水葵は何気なく黒須の肩に手を掛け、視線の先を覗こうとした。

あ、また。

触れた瞬間に引っ張られる。何だかよくわからない、人智を超えた力に。

でも、二度目だからか、感覚に呑《の》まれる事はなかった。水葵は息を詰め、集中する。

感じる。

引っ張られて長く伸びた自分の端がカチリと何かに接続するのを。

『あ……っ？』

手の甲でするりと頬を撫でられたような気がして、水葵は首を竦めた。

黒須は上掛けの端を握ったまま、水葵を見下ろしている。でも、水葵の目にはもう一人、黒須の姿が見えていた。古い映写機で映し出したかのように褪《あ》せた色合いでノイズすら混じった黒須は、眠る水葵の蒼褪《あおざ》めた頰に触れている。見えない手を水葵も同じ場所に感じた。

――これは黒須の手だ。ごつくて、大きい――。

そうか、黒須だ。さっきのカチリという手応えは、黒須の魂に水葵の端子が打ち込まれた印。現実と重なっている映像は、妄想の投影だ。

――でも、誰の？

ノイズ混じりの黒須は身を屈めていた。水葵の額にくちづけようとしている。まるで大切なものを愛でようとするように。

『――――！』

狼狽《ろうばい》した水葵は後退《あとずさ》ろうとしてベッドから転がり落ちた。黒須の背中に遮られて妄想の黒須は見えなくなったけれど、何をしているのかはわかる。

額にあたたかいものが押し当てられる感覚があった。頰に触れていた掌が、首筋を辿り胸元へと撫で下ろされる。足のつけ根まで到達すると手は止まったけれど、親指が動いて感じやすい足の内側を撫でた。

淫猥《いんわい》な動きに、軀中の血が一瞬で沸騰する。

『あ……っ！』

感じやすい部位をやわやわと探られるもどかしさに耐えられず、水葵は己の軀を両手で抱いた。振り払いたいけれど、触れてくる手は水葵には見えない。

足の間を嬲《なぶ》るようになぞられる。おまけに後ろの蕾《つぼみ》を揃《そろ》えた指の腹で揉むようにされ、水葵は腰を浮かせた。床に突いた膝を開いて腰を反らし、小さく口を開き喘ぐ。

なんて格好をしているんだろう。焦れったい快感に霞《かす》みそうになる頭の隅で水葵は思う。もどかしげに腰を揺らす様は、犯して欲しくて身悶えしているようだ。

水葵じゃない。

これを妄想しているのは黒須だ。

でもどうしてだ？　どうして黒須がこんな事を想像する？　まさか、マスターに言ったとおり、本当に自分に惚れているのか？　俺のものにすると言ったのは本心だった――？

水葵は床の上で、震えながら身を丸めた。

『駄目だ、やめろ。あとで勘違いだったって気づいた時に死ぬほど恥ずかしい思いをするのは俺だぞ』

かつては水葵だって想像力豊かだった。機嫌のいい父を見たらもう母を怒鳴らないでくれるかもしれないと期待したし、内定が取れた時には一言くらい祝いの言葉をくれるだろうなんて甘い事を考えて父に会いに行った。黒須の父親がにこやかに声を掛けてきた時には、息子の友達として認められたのだと嬉しく思ったりしたものだ。

また、死んでしまいたいほど傷つくのはごめんだ。それくらいなら軽蔑されていると思っていた方がマシだ。

『黒須は俺なんか好きじゃない。絶対に好きじゃない——』

だって黒須には妻子がいる。

無邪気に黒須に抱きつく匠の姿が脳裏に浮かんだ途端、何もかもがどうでもよくなってしまい、水葵は抵抗するのを止めた。

吸引力が強くなる。

気がつくと、水葵はベッドの下ではなく上に横たわり微睡《まどろ》んでいた。黒須が水葵の軀を跨《また》ぎ、上半身を屈めている。一瞬軀に戻れたのかと思ったけれど、違うのはすぐにわかった。夢を見ている時のように視点が定まらない。ベッドで眠っていると感じる瞬間もあれば、天井近くからすべてを眺めている時もある。

これが黒須の妄想——夢？　心？　——の中であるならば、水葵は憑依しているという事になるのだろうか。

黒須の唇が首筋に押し当てられる。眠りを妨げまいと思っているのか、接触はごく優しい。

軽く耳たぶを噛むと黒須は、上半身を起こして両掌を水葵のシャツの裾から忍ばせた。ゆっくりと、膚の感触を確かめるように胸まで撫で上げる。ゆったりとした寝間着が手首に引っ掛かってたくしあげられ、ひんやりとした空気が火照った膚を撫でた。

水葵は目を覚まさない。

黒須が、無防備に眠っているように見える水葵の服の下から現れた乳首を唇で挟む。薄く開いたあわいから覗いた舌にまだ柔らかな突起を優しく押し潰され、水葵は熱い吐息をついた。舌で刺激されるたびにじいんと甘い痺れが神経を伝って広がる。

「ふう……っ、ん……」

水葵が身をよじる。いつの間にか下着も脱がされ、水葵はあられもない姿になっていた。おとなしく眠っていた屹立《きつりつ》に、黒須がキスする。

蜜が滲《にじ》み始めた先端を舌先でくすぐられ、ひくりと腰が浮いた。睫毛《まつげ》が震え、半開きの唇から苦しげな息が漏れる。眠りながらも切なげに眉根を寄せぐずっている様が気に入ったのか、黒須は執拗《しつよう》に割れ目を責めた。

眠る水葵は、黒須の願望の投影であると同時に水葵自身でもあった。愛撫《あいぶ》されたら感じてしまう。多分、やめたいと思えば抗えるのだろうけれど、水葵は喜んで黒須の欲望に身を委ねた。黒須が抱いてくれると言うのなら、理由なんかどうだっていい。抱かれたいに決まってる。

それにこれは現実ではない。

「すごいな。眠っているのに、胸をつんと勃《た》てて、ここもぱんぱんにして……」

黒須が水葵の片足を摑み、立たせる。指先で摘まれた性器は言葉通り堅く張っていた。黒須はさらにその奥へと指を忍ばせ、蕾を犯す。

「ん……っ」

長い指が、引っ掛かる事なく奥まで入ってゆく。濡らしたりしてないのに、黒須の指はぬるみを帯びていた。夢だからだろうか、痛みはまったくない。それどころか、鉤形《かぎがた》に曲げた黒須の指でにゅくにゅくと肉壁を掻かれると、身悶えするほど気持ちいい。

「はう……ん……」

びくびくと中が痙攣《けいれん》し、黒須の指を締めつける。ほどなく二本目が突き入れられると、水葵は弱々しく頭を振った。

多分、淫らに乱れて欲しいという黒須の願望が作用しているのだろう、たまらなく感じる。これで黒須自身をくわえこまされたらどうなるんだろうと秘かに考え、水葵は恐怖と期待に身を震わせた。

腹の上で揺れている屹立から、とろっと蜜が垂れる。軀の奥に隠されたイイ場所を指で無造作に刺激され、きゅうっとまた中が締まった。

「ん……っ、ん……っ、くろ、す……っ」

寝言で名前を呼ばれた黒須の動きが止まる。

「香月……！」

蕾を広げていた指が抜かれた。足がもっと深く抱え込まれ、腰が浮く。

来る。

水葵は息を詰めた。濡れたモノがひたりとそこにあてがわれる。

——ここで夢から覚めたりしないだろうな？

ふと浮かんだ不安を打ち消すように、熱く硬い楔《くさび》に入り口が押し開かれた。

「あ……」

黒須がずぶずぶと入ってくる。水葵の中をいっぱいに満たしながら、腹の奥まで。

ああ、黒須が中にいる。挑発されたからではなく、自分の意志で水葵を抱いてくれている。

押し寄せてくる強烈な喜悦に耐えられず、水葵は入れられてすぐ放ってしまった。

「ふ、う……っ」

びく、びく、と軀を震わせ喘ぐ水葵の腹に、白濁が滴る。

ごくりと喉を鳴らした黒須が背中を丸め、水葵の耳元に口を寄せた。

「こんな事をされても目覚めないなんて、寝穢《いぎたな》い奴だ」

くすくすと嗤《わら》う息が耳に触れ、水葵はまたひくりと軀を揺らす。

「だが、もういいだろう？　おまえの寝顔は見飽きた。いい加減目を開けて俺を見ろ。文句でも何でもいい、声を聞かせろ」

低く押し殺した訴えが胸に響いた。

——目覚めて欲しい？

黒須が本当にそう望んでくれるなら目覚めたい。夢ではなく現実で黒須に抱かれたい。

でも多分、黒須はそういう意味で言ったのではなかった。今、黒須が求めているのは、眠っている間にすっかり熱くなってしまった水葵が目覚め、混乱しつつも黒須を欲しがるというプレイだ。

黒須の願望を映した水葵の睫毛がふるりと震える。薄く開いた瞼の間に朧気《おぼろげ》な瞳が覗いた。

「ん……熱《あつ》……？」

黒須が腰を浮かせる。ずず、と抜けてゆく感覚にさえ感じてしまい、水葵は甘い悲鳴を上げた。

「香月？」

「……んっ、うそ……、気持ち、い……なんで……なか、じんじんしてる……」

もっと、されたい。

涙目で見つめると、黒須のモノが中でぐんと体積を増したような気がした。

「あ……っ」

形まではっきりわかる。水葵の中が黒須にぴっちり密着している。

「香月、わかるか？　おまえは俺に寝込みを襲われて、犯されている」

水葵は黒須の腰を足で挟み込んだ。己の意志で唇の両端を引き上げる。

「ん……。黒須、もっと奥……。なあ、早く……」

「……っ」

ぐん、と突き上げられて、水葵はきつく目を瞑《つむ》った。

「あ……っ、あ……！　それ、い……！」

興奮のあまり舌がもつれる。太いモノににゅくにゅくと中を掻き回され、水葵は仰《の》け反《ぞ》った。

「なに、これ、あ、すご……っ」

どう動かれても気持ちよかった。過ぎる快楽にのたうつ水葵を、黒須は押さえつけて容赦なく穿《うが》つ。上擦った声がとめどなく漏れたけれど、誰かに聞かれる心配はしなくていい。この世界には黒須と水葵しかいないのだから。

目が覚めたら忘れてしまってもかまわない。滅茶苦茶にして欲しい。

再び絶頂に達し、水葵は白濁を撒《ま》き散らした。びくびくと痙攣する水葵を抱き締め思い切り深く突き入れると、黒須も精を放つ。

中をたっぷり濡らされる淫猥な感触に、水葵はただ震えた。

「あ……あ……熱い……」

うっとりと呟く水葵の頬に、黒須がくちづける。

昔話に出てくる、男を取り殺す幽霊の気持ちがわかったような気がした。

どんな形でもいい。この男にいつまでだって抱かれていたい。一滴残らず精を搾り取ってやりたいし、他の誰ともこの男を分かちあいたくない。

＋　＋　＋

じゃがいもやにんじん、チーズがごろごろ入ったオムレツに、ふんわり焼きたてデニッシュパン。搾りたてのオレンジジュース。

「だでぃ、たまご、おいし？」

少しずつデニッシュパンを齧《かじ》っていた匠《たくみ》がことりと頭を傾けて聞く。

「ん？　いつも通り、おいしいよ」

んん、と唸《うな》り、匠は反対側に頭を傾けた。

「ぱんは？」

「パンもおいしい」

家政婦がもっちりとしたヨーグルトにカットした苺《いちご》を飾ったデザートを運んでくる。

「ふふ、たくみくんは多分、どうして黒須《くろす》さんがそんなにご機嫌なのかを知りたいのよ」

苺の飾りのついたスプーンと一緒にカップを渡され、匠は満面の笑みを浮かべた。

「……俺、嬉《うれ》しそうですか？」

「ええ、とても」

「参ったな……。夢見がよかっただけなんですけど」

「あらどんな夢?」

コーヒーサーバーからコーヒーのいいにおいが漂ってくる。

「それは……秘密です」

『そりゃ、言えるわけないよなあ。男をずこばこコマしまくった夢です――なんて』

水葵《みずき》はのろのろと寝室から出てくると、黒須たちが囲むダイニングテーブルから少し離れたソファに身を沈めた。意味のわからない言葉の羅列に、匠はどんぐり目をぱちぱちさせている。

昨夜の余韻で腰が重怠い。ぴすぴすと鼻を鳴らしつつじゃれてきたクラウスを撫《な》でてやりながら、水葵はごろりとソファに転がる。

『おはよ、クラウス。ちょっと腰踏んでくれ』

水葵がだらだらしている間にも黒須はてきぱきと出勤の準備を整え、匠を抱き上げた。

「それじゃあ、行ってくる」

「ばいばい」

黒須が出掛けてしまい前田《まえだ》がキッチンの片づけを始めると、匠が片手にうさぎのぬいぐるみを引きずり、もう一方の手に絵本を抱えて、水葵が転がるソファにやってきた。ソファの空いている席にちょこんと座って隣にうさぎのぬいぐるみを座らせ、膝《ひざ》の上に絵本を広げる。言葉数も少ないし、匠は随分引っ込み思案な子らしい。カラフルなソックスを履いた足は床に届かずぶらぶら揺れている。

『絵本、面白い？』

優しく声を掛けると、匠はちらっと水葵を見た。

「ん」

『あのさ。たくみくんのママって、どんな人？』

「んー」

匠が考え込む。徐々に首が傾いて行った。

「いいにおい、する」

ようやく得られた答えは要領を得ない。

『優しい？』

「ん」

『今、どこにいるんだ？』

匠が難しい顔になった。眉間《みけん》に皺《しわ》が刻まれる。

「……とおく？」

まさか、と水葵の眉間にも皺が寄った。

「たくみ、あいに行けないの」

──つまり、ママはお空の彼方、お星様になったという事か？

水葵は手近にあったクッションで顔を覆い隠した。今更ながら昨夜の行為に対する罪悪感が湧き上がってくる。夢とはいえ、水葵はこの子の父親と寝てしまったのだ。

うだうだしていたら顔を隠していたクッションがそうっと持ち上げられる。横目に見れば、いつの間にか絵本を置いて立った匠が、しゃがみこんでクッションの下を覗《のぞ》き込んでいた。

「おにいちゃん、おしごとは？」

『あー』

真面目に働いていない水葵にとっては痛い質問だ。

『今はお休み』

お休みも何も、水葵は職についていない。別に働くのがいやだったわけではない。父およびその親族との諍《いさか》いの結果だ。

父は再婚したものの、水葵以外の子供ができなかった。それで水葵が惜しくなったのだろう、大学在学中から親族の勧める会社に就職して欲しいと言ってきていたが、水葵は無視した。彼らの、子供は黙って親の言う事に従えばいいんだという傲慢な態度が気に食わなかったからだ。

人懐っこく物怖じしない水葵は受けがよく、比較的早い段階で内定を取れたけれど、それを父に報告したら直接会社に働き掛けて潰された。会社側には自分たちが内定取消を要望した事は言うなと口止めしたという。そのやり口の汚さに水葵は激怒したが、父は悪びれるどころか、あの程度の会社に就職しようとするおまえが悪いと逆ギレした。

それからも色々あった末、水葵は就職するのをやめたのだった。父はさぞかし喜んだ事だろう、息子が跡を継ぐどころかニートになったのだから。

『ま、俺なんか、いてもいなくても変わりないんだよな』

水葵は特別なものなど何も持っていない凡人だ。頑張ればそれなりに得られるものもあるのかもしれないけれど、水葵が本当に欲しいものはどうせ手に入らない。

「じゃあね、じゃあ、ごほん、よめる？」

舌足らずにねだられ、水葵は顔をほころばせた。

『いいぜ。持ってきな』

とてとてと匠が絵本を持ってくると、隣に座らせ、絵本を広げさせる。匠を膝に乗せたいところだけれど、水葵には匠を抱く事も絵本を持つ事もできない。匠の後ろの背もたれに、肘をひっ掛けて絵本を覗き込む。

『そーだ、代わりにさ、お願いを一つ、聞いてくれないか？』

ふと思いついてそう言うと、匠は頭を仰《の》け反《ぞ》らせて水葵の顔を見上げた。

「なあに」

『黒須——ダディに、夜はお出掛けしないでってお願いして欲しいんだ。そうだな、一緒に寝てくれって駄々こねてくれればいい』

匠は考え込んだ。

「……たくみ、あかちゃんじゃないよ？」

『たくみくんが大きいのはわかってる。でも、ダディは昼間も仕事しているだろ？　夜もお出掛けすると疲れてよくない。病気になっちゃうかもしれない』

「びょうき……」

匠の唇がきゅっと引き結ばれる。

『だから、そうだな……家の中におばけがいて、怖くて一人じゃ眠れないって言ってみてくれないか？』

嘘《うそ》ではない。この家には水葵という幽霊がいる。

黒須はアグレッシブだ。必ずすぐにマスターに教えられたゲイバーに行こうとするだろう。

まずはそれを阻止したい。

匠はこっくり頷《うなず》いてくれた。

「ん」

『ありがと。いい子だな』

クラウスも足下で尻尾を振っている。

＋　　＋　　＋

その夜、黒須はまた帰宅するなり出掛ける準備を始めたけれど、匠が頼んだ通りに健闘してくれた。着替えようとしているところに突撃し、行っちゃやだと足にかじりつく。末にはべそべそ泣き出して、頼んだ水葵の方がびっくりしてしまったくらいだ。

頬と目元を真っ赤に腫らして頑張る匠は痛々しかった。前田が代わりに一緒に寝ると言っても聞かず、黒須はとうとう外出を諦めて匠と同じベッドに入った。でも、所詮子供である。

『あー……。まあ、仕方ないよなあ』

十分もしないで子供部屋から出てきた黒須にぎょっとしてベッドを覗きに行くと、泣き疲れたのだろう、匠はすうすうと健やかな寝息を立てていた。

作戦失敗である。

改めて身支度を整えた黒須と共に、水葵はまた地下駐車場で車に乗り込む。今度の目的地は〝veil《ベール》〟。下調べしたのだろう、助手席に投げ出されたタブレットには、店の情報が表示されていた。

『なあ、黒須。ゲイバーになんか行くのやめないか？』

水葵はそう言ってみるが、涼しげな横顔に変化はない。

『絶対誘惑されまくるぜ。俺、男にべたべたされるあんた見んの、やだ』

駄々をこねてみても、黒須には聞こえない。前回と同じように店に近いコインパーキングに車を駐車し、颯爽《さっそう》とビルに入ってゆく。マンションの一室をそのまま店にしたのだろう、店内がまるで窺《うかが》えないそっけない金属製の扉を開けると、薄暗い店内の空気がざわりと揺れた。

『う、やっぱり』

舐《な》めるような視線が黒須の頭のてっぺんから爪先まで走る。気づいていないわけではないだろうけれど黙殺し、黒須はつかつかと彼らの間に踏み入った。

視界にある頭のいくつかが揺れ、黒須に向かって動き始める。

『くそう、実体さえあれば、ここにいる誰も、あんたに近づけさせやしないのに――』

「ちょっ、何やってんですか！」

場に不似合いな大声が響いた。人の間を縫うようにして、夜だというのに緑色の硝子《ガラス》がはまったラウンド眼鏡を掛けスカジャンを羽織った男が前に出てくる。顔見知りだったらしい、黒須が足を止めた。

「何って――おまえ佐渡《さわたり》か。おまえこそ何だその色眼鏡は」

「眼鏡なんかどうでもいいから、こっち！」

入ったばかりなのにドアの外に押し出される。ついでにエレベーターのボタンを押すと、佐渡は色眼鏡を外した。それだけで、いかにも軽そうだった雰囲気が払拭される。

茶色がかったやわらかそうな髪がさらさらと頬に影を落としている。同じく色素の薄い瞳はしっとりとした雰囲気をたたえ、こういう場所で遊ぶようには見えない。二十代半ばくらいだろうか、黒須には負けるけれどひょろりと背が高く、整った容姿と相まってとても目立つ。

「まずいですよ、若先生。ここが何の店か知ってて来たんですか？」

黒須が下りた時のまま止まっていたエレベーターの扉はすぐに開いた。

「ゲイバーだろう？」

「そう、ゲイバー……って、何で知ってて入ろうとするんですか！」

四方に幾重にもフライヤーが貼られた空間にその身を滑り込ませながら佐渡は髪を掻《か》き毟《むし》る。

黒須は素直についていて行きながらも面白そうに口端を上げた。

「人を捜しに来た」

「人？　誰ですか」

黒須が画像を表示したスマホを佐渡の前に掲げる。

「知っているか？」

佐渡はスマホを手に取ると、見やすいよう角度を変えた。

「……顔は見た事ありますけど……何のために捜してるんですか？」

黒須の返答はいっそ清々しかった。

「香月《こうげつ》を殺そうとした報いを受けさせるためだ」

「ええ⁉」

エレベーターががこんと不穏な音を立てて揺れてから下降を始める。黒須と一緒に密閉された箱に乗り込んでいた水葵を佐渡が見た。

「ああ、香月さんて古い友達だったんですよね？　気持ちはわかりますけど、そういうのは警察に任せましょうよ。こんなところに出入りして変な噂《うわさ》が広がったら、取り返しがつきません。香月さんも、そう思うでしょう？」

笑みを向けられ、水葵は反射的に微笑《ほほえ》み返す。釣られて水葵の方を見た黒須が怪訝《けげん》そうに瞬いた。

「誰に向かって話をしているんだ？」

「え？」

三人はしばし沈黙する。

『あ……あんた、俺が見えるのか』

一番最初に状況を把握した水葵が身を乗り出したのと同時に佐渡は目を逸《そ》らした。

「あ……あー、ええと、いやその、香月さんは勝手に退院してしまわれたんでしたっけ。その香月さんがここにいたら、そう思われるだろうと」

どうやら佐渡は、目がいいらしい。そしてそれを隠したがっている。必死にその場を取り繕おうとする佐渡に、水葵はにんまりと目を細めた。

『見えてるんだろ。誤魔化そうとしたって無駄だぜ』

「ああ、それは嘘だ」

ほぼ同時に喋《しゃべ》り出した黒須と水葵の言葉を一度には呑《の》み込めなかったのだろう、佐渡は眉間に皺を寄せた。

「え……ええと……？」

「あいつはまだ目を覚まさない。俺がこっそり病院から連れ出して保護している。あそこに置いておいたら父が何をするかわからないからな」

「保護って……院長が、一体何を……？」

佐渡の視線がちろりと水葵の顔色を窺う。水葵は片手を上げ、佐渡を拝んだ。

『ごめんな、色々事情があるんだ。黒須が俺を連れだした事については、お口にチャックな？』

「……あ、はあ……」

「おまえは知らない方がいい。それより犯人はかつて〝veil〟に出入りしていたらしい。そいつを捕まえるため、情報が欲しい」

『それから悪いけど、黒須を止めてくれ。こいつ見ての通り頭に血が上ってしまってて、周りが見えてないんだ。俺の声は届かないし』

ごきゅっと佐渡の喉仏が動く。引《ひ》き攣《つ》った顔から察するに、二人からてんでばらばらに違う事を言われて、いっぱいいっぱいになっているようだ。

「……あの、若先生。とりあえず、その写真、俺のスマホに転送してください。俺が調べます」

　黒須がポケットからスマホを取り出した。

「助かる。一人より二人の方が早く済みそうだ」

「いや、若先生は帰ってください」

『……っしゃ！』

　水葵は胸の前でぐっと両手を握り込んだ。黒須は不満そうだ。

「しかし」

「若先生は目立ちすぎます。写真見せてこいつを知っているかなんて言ったら、きっと若先生と話したいがために全員が知ってるって言いますよ。本当の事を聞き出せるかどうか」

　写真を転送しようとしていた指が迷う。偶然出会っただけの同僚に任せてしまっていいのか葛藤しているのだろう。

「その代わり、今度、飯でも奢《おご》ってください。病院の食堂とかじゃなくて、若先生一押しのビストロとか気取ったトラットリアとか、そういう系の。いいワインつきで」

ね？　と微笑まれ、黒須はようやく画面をタップした。

「じゃあ、悪いが」

　データの送信が終わり、画面が切り替わる。スマホをポケットに戻すと、黒須は軽く顎を引いて、佐渡に謝意を示した。

をついた。

力の抜けた笑顔で黒須を見送った佐渡は、後ろ姿が見えなくなった途端、はあと大きな溜息《ためいき》
「おやすみなさい〜」

『ありがと』

へらりと笑った水葵が肩に触れようとすると、飛び上がるようにして逃げる。

「よ、寄るなっ！」

『何だよ、今更。俺が怖いのか？』

「幽霊なんかと関わりあいたくありません」

『傷つくなー。でも、ま、そうだよな』

水葵も先日、幽霊に遭遇して病院から逃げ帰ったばかりである。気持ちはよくわかる。

一定の距離を保つ佐渡の目は、疑念に溢《あふ》れていた。

「さっきの話は本当なんですか？」

『どの話？』

「退院したっていうのは嘘だって話」

『ああ、本当だ。そう聞くっていう事は、俺が勝手に出て行ったたって話はちゃんと信じられてんだな？』

「それは、看護師長の証言がありますし。あ、じゃあ、看護師長も共犯だったんですね。香月

さんはちゃんと生きてるんですか？」

『大丈夫、まだ死霊じゃない。どうやったら軀《からだ》に戻れるかわからないだけだ』

「だから目を覚まさなかったか……」

佐渡は胸ポケットに引っ掛けていた色眼鏡を取って、鼻に乗せた。

『俺はどういう状態なんだ？　黒須の傍でいろいろ聞いてはいたんだけど、わけのわかんない用語ばかりでちんぷんかんぷんだった。植物状態って奴なのか？』

「いえ、そんな悪い状態じゃなかったはずですよ。俺が聞いた話では検査結果も問題なくて、喉はしばらく痛むだろうけれど、目さえ覚めればすぐ退院の運びになるって」

『そっか……』

別に自分は、なるべくして幽霊になったわけではないらしい。あまり意識してはいなかったけれど、肉体が死の途上にあるわけではないとわかったら気持ちが楽になった。

「さっきの写真の男が、香月さんの首を絞めた犯人だって言うのも本当なんですか？」

『ああ。迷惑な話だよな』

「その、香月さんも、ゲイ……？」

水葵はにっと笑った。

『〝ｖｅｉｌ〟にいたって事は、あんたもゲイなんだろ？』

色硝子越しに探るような視線が交差する。

「まさか、若先生もゲイって事はないですよね?」

『結婚して子供までいるのにそれはないだろ』

「えっ、若先生、結婚してんですか⁉」

『ん?』

好青年然とした顔を哀しそうに歪《ゆが》めた佐渡に水葵は首を傾《かし》げた。

『もしかしてあんた、黒須を狙ってた?』

佐渡はわかりやすく狼狽《ろうばい》する。

「や、そりゃいいなって思ってましたけど、狙うほどじゃ……でも、結婚……?」

ぶつぶつと呟《つぶや》きつつ宙を見据える目が怖い。

黒須がこんなに見栄えがする男に慕われているなんて発覚した新事実に水葵の胸はちくりと痛んだ。

『それはともかく、警察に全部任せるよう、黒須を説得してくれないか。俺のために一生懸命になってくれるのは嬉しいけど、無茶して警察沙汰にでもなったらあいつの経歴に傷がつく』

そんな事になったら、悔やんでも悔やみきれない。

それなのに佐渡は軽く笑って流そうとした。

「俺が若先生を説得? ……無理無理。俺は単なる看護師で下っ端もいいところなんですよ? 若先生に説教なんてできるわけないです。そもそも若先生は無茶なんかしませんよ。仕事ぶりを見てればわかります。若いのに冷静沈着、判断の正確さには定評がありますし」

『いやいやあいつ、若い頃は結構やんちゃしてたからな？　一旦切れるとすごい無茶する奴なんだからな？』

しょっちゅう怪我していたし、一度などは肋骨《ろっこつ》も折った。恐ろしいのは必ず相手の方が大きな怪我をさせられていた事だ。正当防衛が認められるであろう絶妙な加減で。ちなみに心の方は漏れなく完膚なきまでへし折られていた。

でも、佐渡は信じようとしない。

「はあ。あ、そろそろ店に戻って知り合いにあたってみますね。そういえば、香月さん自身は犯人の情報を持ってないんですか？」

『残念ながら仕事で関わっていただけだから、個人情報については知らないんだ』

「仕事、ですか……」

売りをしていたという話を聞き及んでいたのだろうか、少し眉を顰《ひそ》め、佐渡はエレベーターのボタンを押した。

＋　＋　＋

その夜、黒須は帰宅するとすぐ就寝した。

大きなベッドの中、黒須が蒼褪《あおざ》めた顔をした水葵と並んで眠っている。霊魂だけの存在となったもう一人の水葵は固い決意を胸に黒須の頭を挟み込むように手を突き、疲れ切った寝顔を真上から覗き込んだ。掌《てのひら》にはやわらかく感じるけれど、シーツに皺が寄ったりベッドが揺れる事はない。こんな風だったと覚えている心が勝手に触感を作り出しているだけで、水葵自身は現実とは違う次元に存在しているようだ。

水葵はゆっくりと上半身を屈めると、黒須の額に額を押しつけた。

膚《はだ》が触れた瞬間、厳然としてあったはずの彼我《ひが》の境界が消え、水葵は黒須に溶け混じる。以前はその手の怪談を聞いても何も感じなかったけれど、今は恋慕する相手に取り憑く霊の気持ちがよくわかった。好きな相手に魂ごとくるまれるのはたまらない。

強い日差しが目を灼《や》く。

気がつくと水葵は、よく黒須と一緒に弁当を食べた屋上にいた。

コンクリートの手摺《てす》りの上を手で軽く払い、腰を下ろす。隣には黒須が座っており、すでに弁当を広げていた。

「ロールキャベツ、食うか？」

昼休みを告げる校内放送が遠く聞こえる。何を言っているのかよくわからないけれど、懐かしい響きは郷愁を掻き立てた。

もう二度と屋上で黒須と何の屈託もなく弁当を食べられる時は巡ってこない。だからだろうか、些細《ささい》なやりとりの一つ一つがひどく愛おしく感じられる。

「やった。黒須は？　何か欲しいのある？」

「トリカラをくれ」

「了解。これ、俺が作ったんだぜ？」

「見ればわかる。色がやけに黒いからな」

黒須が箸を伸ばし、水葵の弁当箱の中から目当てのものを取る。半袖のシャツから伸びる筋肉質な腕に水葵は目を細めた。

この頃、水葵はすでに、黒須の何もかもに目を奪われる己に気がついていた。元々、よくも悪くもなんて目立つ奴なんだろうと興味を持って近づいたのだけれど、さすがにこれはおかしい。自覚しつつも、水葵にはまだそれがどういう感情に基づくものかわかってなかったし、深く考えようともしなかった。満たされていたからだ。毎日黒須の傍にいるだけで。

「味はいいんだからいいだろー」

「ああ、うまい」

豪快に開いた口に鶏の唐揚げが放り込まれる。

うまい、か。

水葵は少し顔を赤くして、ロールキャベツをつついた。

この頃水葵は、残業続きの母を見かねて、自分で弁当を作っていた。

黒須の弁当はお手伝いさんが作ってくれる。手が込んでいる上に素材もいいものを使っているから、水葵の弁当とは比べるべくもないと思うのだが、黒須にはよくおかずをねだられた。

「土曜日さ、予定通り行けそう?」

「ああ。チケット、母さんが株主優待券くれたから買わなくていいぞ」

「え、でも俺が誘ったのに」

「余らせていつも無駄にしてるらしいから気にするな」

弁当を食べながら、水葵はともすれば笑み崩れそうになる頬を引き締める。

週末に、初めて二人で出掛ける事になっていた。

最初からあんまりぐいぐい行ったら引かれるかもしれないと思って、水葵は慎重にタイミングを計っていた。毎日昼食を共にして打ち解けて、放課後の勉強会もそれなりに雰囲気が砕けてきて、そろそろいいかと思って映画に誘ったら黒須はOKしてくれた。

自分が強引だからいやいやつきあってくれているのではないかと密かに懸念していた水葵はほっとした。楽しみでならなくて、毎日気もそぞろだ。

いつもなら二人きり、ぽつりぽつりと言葉を交わしているうちに昼休みが終わる。でもこの日は十分もしないうちに、屋上に上がる扉が騒々しい音を立てて開いた。

「お、いたいた、香月だ！」

「へー、本当に黒須と仲良くなったんだ」

「俺たちもランチご一緒していい？」

黒須とつるむようになるまで水葵とランチを共にしていた南《みなみ》と加瀬《かせ》だ。別に悪い事など何もしていないのに、水葵は動揺した。

「なんだよ、おまえら急に」

「別にかまわない」

声が重なってしまい、黒須と水葵は顔を見合わせる。南と加瀬は吹き出すと、二人と向かい合う位置に座り込んだ。

「お、黒須の弁当、うまそう」

「なあ、黒須の弁当はお手伝いさんが作ってくれてるって、本当？」

黒須に視線を向けられ、水葵はそっぽを向く。

「俺が言ったんじゃないぞ」

そんなもったいない事をするわけがなかった。いつも怖い顔をして周りを威嚇している黒須と仲良くなれたのは水葵だけ。黒須がどんな風に笑うのかも、結構ノリがいい事も、水葵しか知らない秘密だ。

黒須とのランチだって、思い切って声を掛けた水葵だけの特権のはずだったのに。

〝別にかまわない〟、か。

水葵は残っていた鶏の唐揚げをむぎゅむぎゅと口の中に押し込み、頬を膨らませる。

「あれ、香月、何か怒ってる?」

お人好しの南にそう聞かれたけれど、そんな事くらいで怒っているとは言えなくて、水葵は黒須の肩口に寄り掛かってぐりぐりと頭を擦《こす》りつけた。

「何だ」

鬱陶しそうな顔をするものの、黒須は振り払ったりしない。

「香月に聞かなくても、黒須については色んな噂が流れてくるんだよ。主に女子からね」

加瀬がコンビニの袋をがさがさ鳴らし、弁当を取り出す。

「黒瀬はおうちの話されんの、いやなのか?」

「ああ、いやだ」

「お、即答」

「まあ、確かに学校中の奴らに親や家の事知られてるっていやかもー」

香月は黙り込み、自分の弁当箱の中を見つめた。

黒須が自分以外の奴と目を合わせ、普通に話している。それだけで、胸の奥が変にざわついて落ち着かない。

「えー、でもでもー、大きな病院の院長の息子なんて、モテそうでよくねー?」

時間が経っているのにまだふっくらとしている西京焼きを箸でほぐしていた黒須が目を上げた。

「……おまえはそれでモテて嬉しいのか？」

割り箸の先を噛《か》み、加瀬が考え込む。

「あー……。微妙？」

「黒須って、あの大きな病院の跡、継ぐの？」

南の質問に、珍しく黒須が顔色を変えた。

「そんなの、おまえに関係ない」

獰猛《どうもう》な獣のような目で睨《にら》みつけられ、南が竦《すく》む。加瀬は逆に面白がっているようだ。

「何々？　こーゆーこと、よく聞かれんの？　おまえがいっつも触れたら切れそうなナイフぶってるのって、そのせい？　てゆか、もしかしてもうドラマみたいに、次期院長の覚えめでたいよう胡麻擂《ごます》りされたりしてる？」

黒須の箸先が残っている西京焼きを残虐に解体してゆく。

「面白がるな。おまえだって俺の立場になれば笑ってなんかいられない。まだ高校生であとを継ぐかどうかも決めてないのに、あーだこーだと外野はうるさいし、この間なんて、見合いまでさせられるし……」

「見合い⁉　マジか⁉」

「マジだ。断ったら滅茶苦茶責められた」

ぼろぼろになってしまった魚の身が一緒くたに口の中に放り込まれる。

水葵は不機嫌な顔で咀嚼《そしゃく》する黒須の顔から目を離せなかった。学校では女子に酷い態度ばかり取っているから忘れそうになるけれど、黒須には独特の覇気がある。ふてぶてしいほどの落ち着きっぷりには妙に人をひきつけるものがあるし、上背があって肩幅も広く、顔立ちも整っている上に血筋もいいときた。黒須が他人を遠ざけていなかったら、水葵はとても一緒にランチなど食べていられなかっただろう。

——でも、見合い、なんて。

最初から、属しているヒエラルキーが違うと何となく感じてはいたけれど、いよいよ黒須が手が届かないところに行こうとしているように感じられた。

「黒須はさー、なんで香月のナンパに落ちたの？　いきなり勉強教えてなんて言われてＯＫするようなタイプには見えないのに」

一つ目の弁当を食べきって菓子パンを取りだした南が無邪気に首を傾げる。どんな答えが返ってくるのか気になって、水葵は横で考え込んでいる男を盗み見た。黒須もちょうど水葵に視線をやったところだったらしい、一瞬だけ目が合ったが、なぜだかさっとそっぽを向かれてしまう。

「親御さんを困らせずに成績をなんとかしたいって言われちゃ、仕方ないだろ」

加瀬がまだ子供っぽさの残る顔ににひっと笑みを浮かべた。

「ほだされたのか」

水葵の胸もほかかりとあたたかくなる。他人の事など関係ないと言わんばかりの顔をして、当たり前のようにこういう事を言うのだ、この男は。

「なんだ、おまえいい奴だな」

「は？」

「まあ、仕方ないよね。あの成績見たら、哀れんじゃうよね」

南からも加瀬からも生あたたかい目を向けられ、黒須は居心地悪そうだ。

「ところでさー、黒須と水葵って、週末暇？」

「えっ」

「二人で映画を見に行く約束をしている」

いやな予感に固まっている水葵に気づかず黒須が答えてしまうと、二人はぱあっと顔を輝かせた。

「あっ、そうなんだ。じゃあさ、俺たちと合流しない？　ほら、――公園でナントカフェスってのが、あるんだよ。色んな有名店の屋台が出るらしい」

南も加瀬も黒須の友達に加わる気らしい。水葵が時間を掛け積み上げてきた様々な物事を一足で飛び越え、軽く誘いを掛けてくる。

今まで他に友達などいなかった黒須にとって、いい事だった。オッケーと笑って、みんなで週末を楽しめばいい。それでいいはずなのに、ずるいと、恨めしく思う気持ちが消せない。

——俺が先に黒須を誘ったのに。

「色んな種類の食べたいんだけど、二人じゃあんまり食べられないだろ？　でも、四人なら、たくさん買える。いいアイデアだと思わねえ？」

——でも、黒須は別に俺のものじゃない。

「時間とか待ち合わせ場所はそっちの都合に合わせるよ。映画は何見るんだ？」

——黒須だってきっと、俺と二人より、みんなと一緒の方が嬉しい。

「あ、それ、俺も見たかったんだ。何時の回なんだ？」

——でも——やっぱり、いやだ！

水葵はいきなり手を伸ばすと、答えようとしていた黒須の口に唐揚げを突っ込んだ。

「教えない。大体一緒でいいなんて、俺は言ってないし」

南も加瀬も食事の手を止め、水葵を見上げた。

「え」

子供っぽい事をしている自覚はあった。でも一度口火を切ってしまったら止まらない。水葵は立て板に水とばかりにまくしたてる。

「みんなと一緒なんてやなこった。俺が先に黒須と約束したんだから、今週末の黒須は俺のなの！　絶対に譲んないからな！」

こうなったら破れかぶれだった。顔が熱かったけれど、水葵は一段高いコンクリートの手摺りの上でふんぞり返り、二人を睥睨《へいげい》した。

なんだよそれと南が笑ってくれたはずだった。加瀬もしょーがねえなあと譲ってくれたのを覚えている。でも、ほんの瞬くほどの間に、奇妙に明るい景色の中から二人の存在は消えていた。

記憶がまた、歪められる。

代わりに聞こえてきたのは、くくっと喉で嗤《わら》う黒須の声だった。重箱を置いた黒須が、横から水葵の肩を抱き、引き寄せる。

「俺の、か。水葵は俺を他の奴に取られたくないんだな」

ぎこちなく首を回して横を見ると、黒須が目を細め微笑んでいた。大人っぽいと思っていた肩の高さも軀の厚みも高校生の頃よりさらに増し、成熟した男の色気を纏《まと》っている。

水葵は赤くなりつつも、毅然《きぜん》として本心をつまびらかにした。

「そうだ。いやだ」

「どうしていやなんだ？」

「そんなの、好きだからに決まってんだろ」

黒須の瞳が揺れた。

「――好き？」

「そうだ。好き。押し倒して無茶苦茶にしてやりたいと思うくらい、あんたが好きだ」

いつも不機嫌そうに引き結ばれていた唇の端がひくつく。

まるで花がほころぶように、不機嫌そうだった表情が照れくさそうな苦笑にとって代わった。奇蹟《きせき》のように鮮やかな一瞬を、水葵は瞬きもせず心に焼きつける。

むかつく。

心の中で悪態を吐く。何だよ、この男前が。可愛い顔しやがって、どれだけ俺を惚《ほ》れさせれば気が済むんだ。

「香月、俺も――」

好きだと言い掛けたのであろう黒須の口を、水葵は掌で塞いだ。

「やめておけ。あんたのは、きっと違う」

「香月？」

「あんたは勘違いしてるだけだ。あるいは好きだったんだと思いこもうとしてる。罪悪感をなだめるために」

そうだ。そうに決まってる。

どうやってか知らないが、黒須は水葵が院長に手を出された事を知っていた。しかも合意の上ではないという事もわかっていたようだった。

父親に傷つけられた相手で自分も楽しむなんてひとでなしの所業だ。なんだかんだ言っても黒須は人がいいから、そんなのは駄目だと思ったのだろう。せめて自分くらいは水葵を好きでないと浮かばれないのではないか、と。こいつは優しい奴だから。

とにかく、黒須は水葵を好きじゃない。

「違う、香月」

「うるさい、そうなんだって。そんな事より聞け。俺、あんたに言いたい事があってここにきたんだ。無茶ばっかりするの、やめろ」

「無茶なんかした覚えはない」

「してるだろ。犯人捜しなんて警察に任せておけよ」

「無理だ。じっとしてられないんだ。眠っているおまえを見ていると、悪い事を考えてしまう」

ふっと頭の中に仄暗《ほのぐら》いイメージが浮かんだ。ベッドで眠る酷く蒼褪めた水葵自身の傍に黒須が座っている。二本の指が頸動脈《けいどうみゃく》に触れているけれど、力強く感じられねばならないはずの拍動がない。

――俺が死ぬんじゃないかと思っているのか。

自分と同じような恐れに捕らわれていたのだと知り、水葵の表情が緩む。

「ばーか。俺は死なないって。――多分」

黒須の目が剣呑《けんのん》に細められた。

「そんな言葉信用できるか。おまえ、酷い目にばかりあっているじゃないか。偉そうな事を言うなら、男に襲われたり死に掛けたりするな」

ふわんと胸があたたかくなる。黒須は高校生の頃と同じように自分の事を気に掛けてくれていたらしい。

「わかったから！　絶対死なないから、だからおとなしくしていてくれ。な？」

「そんな軽く言われて。信用できるか」

「ええー。どうしろって言うんだよ……」

逃げるとでも思ったのか、黒須は水葵をぐいと膝の上にひっぱり上げた。さすがにぎょっとして下りようとすると、しっかりと抱きかかえられてしまう。

仕方なく黒須の膝の上に落ち着くと、水葵は幼い子供にするように、黒須の頭を撫でた。

「あいつを捕まえたところで、俺の目が覚めるわけじゃないんだ、捨て置けよ」

「なぜそんな事が言える。おまえは殺され掛けたんだぞ。――まさか犯人を庇《かば》う気か？　おまえも井出川《いでがわ》って奴に気があったんじゃ……」

黒須がぎっと水葵を睨みつける。殺気のこもった視線を浴びせられた水葵の背筋にぞくぞくっと得体の知れない震えが走った。

本能的な恐怖と――愉悦。ああ、こいつ、こんなにも自分に執着しているんだという――いやもちろん、黒須は自分の事など好きではないけれど。

「そんな事あるわけないだろ。やめてくれよな、そういう気持ち悪い事言い出すの」

「それなら……」

「それでも、駄目だ。仕事が終わったならおうちに帰っておとなしくしていろ。俺を好きなら言う事聞け」

空を雲が流れてゆく。風の音しか聞こえない屋上には、黒須と水葵しかいない。

「おまえはいつも俺にいやな選択をさせる……」

黒須が身じろぎ、水葵の唇を捉えた。

やわらかくついばまれ、水葵は小さく笑む。

お行儀のいい接触なんかじゃ、十年もの間降り積もった飢餓感は埋められない。

口を開けて黒須の唇を舐めてねだる。そうしたら待っていたかのように唾液でぬめる舌が入ってきた。口の中を探られ、現実でないとは思えないほど生々しい感触に脳髄が蕩《とろ》ける。

「……はっ」

「香月」

大きくて熱い掌が軀の表面を這《は》い始めた。

「おい」

服を脱がされそうになっているのに気がつき威嚇すると、黒須は手を止め、水葵の目を見つめる。

「いやか?」

うわ、この男、最悪だ。

水葵は唇を噛んだ。

こんな風に情欲の燃える目で見つめられて、水葵がいやなどと言えるわけがない。

仕方なく、水葵は黒須の首に両腕を回した。自分からもう一度くちづける。

「ん……」

乱暴な手つきで服が緩められるのを感じた。

ひょいと水葵を膝の上から下ろした黒須がシャツを脱ぐ。制服のワイシャツの白が青い空の下、鮮やかに翻った。続いて下に着ていたTシャツも脱いでしまうと、重ねて床に広げて敷く。

「黒須ってば、紳士ー」

気恥ずかしくて、茶化してしまう。

「当然だ」

「ドヤ顔すんな、ヤろうとしてる事は青姦《あおかん》だからな」

「別にいいだろ。どうせこれは夢だ」

水葵は少し驚いた。黒須はこれが現実ではないとわかっているらしい。

立ち上がったら、黒須に緩められたズボンがずり落ちそうになってしまった。慌てて片手で押さえると、黒須が目を細める。

「夢とはいえ……滾《たぎ》るな」

「若先生、その顔アウト。病院で絶対やるなよ？」

手を引っ張られ、シャツの上に横たえられる。ぐっと膝裏を押さえられて腰が持ち上げられ、下肢に纏っていた衣服が取り去られた。

「いい眺めだ……」

「それは俺の台詞《せりふ》だ」

黒須は、股間が見えないように両足を閉じて斜めに折った水葵を見下ろして舌なめずりしている。水葵もまた、引き締まった黒須の軀に見蕩《みと》れた。

純粋に綺麗《きれい》だと思う。こんなに美しい男が自分を求めてくれているという事実が、震えるほど嬉しい。

今だけで、いい。

明るい陽射しの下、水葵は黒須に軀を開いた。

「ん……」

膝が割られ、すべてが黒須の目に晒《さら》される。黒須は明らかに楽しんでいた。

「前は俺よりずっとちっさかったのに、すっかり男の軀だな」

「あれから何年経ったと思ってるんだよ。身長だって十五センチも伸びた。……っ」

皮膚の薄い場所をねっとりと舐め上げられ、水葵は呼吸を引き攣らせる。

「待て、そこ……」

「ん？　イイのか？　ここ、びくびくしてる」

「あ……」

軽く噛まれたら、膚の下をざわざわと甘い痺《しび》れが広がり、水葵は足の指を強く丸めた。

「さあ、全部見せろ」

片足を担ぎ上げられ、思い切り開脚させられる。アヌスにまで太陽の熱を感じた。黒須の視線もだ。

中に、ゆっくりと黒須の指が埋められる。水葵は眉根を寄せ、視線をさまよわせた。全神経が指の感覚を追っている。

夢でしかなくても覚えておきたかった。黒須がしてくれた事は、全部。

ぬくぬくと中が探られる。悦《い》い場所を掠《かす》められると、眉間の皺が深くなった。ひくりと唇を震わせ腰をよじる水葵を、黒須はつぶさに眺めている。気が遠くなりそうなくらい恥ずかしかったけれど、やっぱりいやだとは思えなくて、水葵は黒須のシャツに顔を埋《うず》めた。

「あ……あ、あ……」

大した事をされていないのに、前が震えながら勃《た》ち上がろうとしている。

指の腹で感じる場所をゆるゆると揉《も》まれると、声を殺し喘《あえ》がざるをえない。

「今、中が締まった」

「言うな」

「わかるか、ここ。ほら、こんな風に搔くと、きゅうきゅうと物欲しげに俺を締めつけてくる」

鋭い快感に下肢が震える。実際そこをいじられると、どうしたらいいのかわからないほど気持ちいい。

「んっ、言うなって……」

「怒っても逆効果だぞ。おまえの泣きそうな顔、すごく興奮する」

「あ……あ、ば、か」

何だかいたたまれなくなってしまい、水葵は片手で黒須の顔を押した。どこか別の場所を見ていて欲しかったのに、あっさり振り払われ、上半身を倒した黒須に軽く唇まで吸われてしまう。

「ん、ん……っ。くろす……」

「うん」

軽く吸われるだけじゃ、物足りない。

「くろす、なあ、しろって。もっとちゃんと……っ」

ねだれば、黒須は満足そうに微笑んで欲しいものをくれた。

競うように舌を絡ませ、お互いを味わう。ただ口を合わせて舐め合っているだけの行為がどうしてこんなにも甘美なのか、不思議だ。

恍惚《こうこつ》としている間に指が抜かれていたらしい。気がついた時にはもう、猛った雄の先が蕾《つぼみ》にねじ込まれていた。

「ん……っ」

狭い場所を無理矢理こじ開けるようにして入ってくるモノに、水葵は息を詰めて耐えた。強引に過ぎるやり方だけれど、夢だからだろうか痛みはほとんどない。ただ——強く感じた。黒須が自分の中にいるのだと。

「ああ……すごい……いい……」

黒須が熱っぽい溜息をつく。汗ばんだ男の顔を見上げ、水葵は目を細めた。ぽつりぽつりと千切れ雲が流れる以外水色で塗り潰された空が目に痛いほど眩《まぶ》しい。

「ん、や……っ。嘘、……俺、こんなとこで、こんな……」

思い出したようにこみ上げてきた羞恥に水葵は身をよじった。でも、それは黒須を喜ばせただけだった。シャツの上に押さえつけられ、充血し、恐ろしいほど膨れ上がった雄に、激しく奥を穿《うが》たれる。

「あ、あ、あ……っ、だめ、だ、あ、ああ……！」

一気に追い上げられ、水葵は乱れた。髪を振り乱し、シャツを掻き毟る。ぐうっと奥から熱いものがせり上がってきたのを察し、水葵は今にも泣きそうに顔を歪めた。

その瞬間がやってきて――白が散る。

あまりの快楽に唇が震えた。全身が甘く痺れてしまって力が入らない。特に猛々しい雄をくわえこまされている場所は熱を持ってひくついている。でも、黒須は追い立てる動きを止めてくれない。

「ひ、う……っ」

ああ、また。

水葵は小さく口を開き、必死に四肢を突っ張る。

びくびくとペニスが震えた。快感が弾け、肉の洞が黒須を喰《く》い締《し》める。

――脳が蕩けるような悦楽が止まらない。

イきっぱなしってこういう状態を言うんだろうか。まるで濃厚な蜂蜜に全身を浸されたようだった。四肢は甘く絡め取られ、指一本まともに動かせない。

夢、なのに。

いや、夢だからだろうか、とめどもなく欲に溺れてしまう。奥深くに精を注ぎこまれるたび、水葵は甘い声を上げ、偽りの夢に溺れた。

＋　＋　＋

「だでぃ、いちご、すき？」

「ああ、大好きだよ、たくみ」

翌朝の黒須は昨日以上にご機嫌だった。糊《のり》の利いたワイシャツの袖を肘の下までまくりあげ、匠にあーんと苺を食べさせてやっている。反対に水葵はソファの端で膝を抱えていた。

色々と納得が行かない。

『おかしいだろ。俺が取り憑いてる側なんだぞ。なのに、何であいつに好き勝手されなきゃなんないんだ』

ぱたぱたと尻尾を振りつつやってきたクラウスが、ソファの座面に頭を載せて上目遣いに水葵を見つめる。ぺたりと寝た耳の間を掻いてやるが、クラウスは待ちの姿勢のまま動こうとしない。きっと撫でられている事に気づいてないのだ。水葵はつやつやとした毛並みの感触までしっかり味わえているのに。

水葵とこの世界には、奇妙な齟齬《そご》がある。

小さな機械音に目を上げると、匠がカラフルな玩具を水葵とクラウスに向けていた。

『たくみくん？　何だそれ？』

「おしゃしん」

てててと近づいてきて示された画面を見ると、なるほど水葵とクラウスが写っている。

『これ、子供用の携帯か。たくみくんのか？』

「ん。ぱぱがね、はいって」

『電話も掛けられるんだ？』

「ん」

『へえ、番号は何番なんだ？　ここ、押してみせて』

匠に操作させると、プロフィールに番号が表示される。語呂合わせで簡単に覚えられそうな番号だ。

クラウスが携帯に興味を示し、すんすんとにおいを嗅ごうとする。匠は齧られると思ったのか、携帯を頭の上に掲げて逃げ出したのはいいものの、すぐぽてりと転んでしまった。

「あら、転んじゃったの？　大変大変」

すんすんと泣き始めた匠を抱き上げてやりたかったけれどできなくて、手をこまねいているところに前田が飛んできて絆創膏《ばんそうこう》を貼ってくれる。クラウスも心配そうに匠の顔を舐めた。

――歯痒《はがゆ》いなあ。

水葵の方が傍にいたのに、匠を抱き上げてやる事も、絆創膏を貼ってやる事もできない。

匠が落ち着くと、前田が水筒にお茶を詰め、匠の首に掛けた。クラウスにもリードをつけて、散歩に出掛ける。玄関の扉が閉まる音を、水葵は立てた膝の上に頭を載せたまま聞いた。

さて、今日は何をしようか。

プランはない。

霊体でも疲労するものなのか、腰が重怠い。寝不足で頭がぼーっとする。

セックス疲れで朝からソファでごろごろしてるなんて自堕落にもほどがあるけれど、尻を叩《たた》く者はいない。今日はいいかと思った時だった。上からひょいと子供の顔が現れた。水葵の顔を逆さまに覗き込む。

『――え』

背もたれの後ろから身を乗り出しているかのような体勢だけれど、子供の身長でこんな事ができるわけがない。それに、この子は。

『病院で会った、幽霊⁉』

思わず後退《あとずさ》ったせいで、水葵は勢いよく背もたれにぶつかってしまった。子供ははにかんだような笑みを浮かべると空中でくるんと回転し、水葵と向かい合う位置で止まる。

『な、な、何……?』

病院で会った時と同じだった。子供は半袖のパジャマを着ている。肘の内側には血の滲《にじ》んだ絆創膏が見えた。注射の痕だろうか。

「あそぼ！」

ぷにっとした手で袖を引っ張られ、水葵はあっけに取られた。

『え？』

「おそらでおいかけっこしよ！　かくれんぼでもいーよ」

可愛らしく首を傾げてねだられる。本当に遊んで欲しいがために来たのだろうか。

『え、な、何で俺？　お友達は？』

「みんなおそらとべないんだもん。つまんない」

『俺も空、飛べないぞ？』

子供はびっくりしたようだった。

「えー、おにいちゃん、れんしゅうしなよ！」

『練習すればできるようになるものなのか⁉』

「いっくんなんて、おにいちゃんにあいたいなっておもっただけでここにこれたよ？」

『ええ⁉』

幽霊にもレベル差があるものなのだろうか。しかし、と水葵は矛盾に気づく。

『じゃあ、ママのとこにも考えただけで帰れたんじゃないのか？』

「あのおじいちゃんがいなければできるよ。あのおじいちゃん、いつもいっくんのあとついてくるんだもん。やだ」

やだなんて軽く言っているが、冷静に考えるとものすごく怖い話である。

遠い目をしていると、水葵の片足に抱きつくようにのし掛かってきた子供がふと動きを止めた。

「おにいちゃん、おねぼうさんなの？　ときどきおっきしたほうがいーよ？　いとがほそくなっちゃってる……」

小さな人差し指が空中をつんとつつく。心臓に直接触られたような異様な感覚に、水葵は思わず真顔になった。

何だこれ。〝糸〟ってものが本当にあるのか？　こういうアドバイスが出てくるって事はこの子も生き霊——？

『俺も目を覚ましたいと思ってるんだけど、できないんだ。なあ、どうしたら戻れるのか、教えてくれないか？』

「えー……。そんなの、おっきしたーいっておもいながらじぶんにぎゅーって」

ぎゅーっと言いながら、子供は水葵の胸元に抱きついた。可愛いけれど、それはもう試行済みだ。水葵は子供を連れて黒須の寝室に入ると、自分の本体に抱きついてみせた。

『ほら』

触れた部分からざわざわと、骨まで凍てつきそうな冷気が広がる。

感想を求めて顔を上げると、子供は奇妙な目つきで水葵を見ていた。

「おにいちゃん、ほんとうはおっきしたくないんでしょ」

冷たい刃がするりと心臓に差し込まれた気がした。

『そんな事はないぞ。起きたいと思っているし、努力だってしている……』

「うそだあ」

……うそ？　俺は本心では、このままでいたいと思っているのか？

母が心配している。黒須にも多大な迷惑を掛けている。一刻も早く目覚めなければならないのに、そんな事があるわけない。あるわけない、けど。

――霊体のままなら、黒須の傍にいられる……？

『まさか……』

ばたんと玄関の方で扉の開く音が聞こえた。次の瞬間には子供の姿は消えていた。

水葵は力なくベッドの隅に座り込む。ぼーっとしていると、細く寝室の扉が開いた。犬の散歩から匠たちが帰ってきたのかと思ったのに、眠る水葵に異常がないか確認しに入ってきたのは黒須だった。

『え……どうしたんだ……？　まだ昼を過ぎたばかりだぞ……？』

時計の針は十四時を差している。リビングに出てみると佐渡もいて、物珍しそうに外の景色を眺めていた。

「病院から徒歩五分で帰宅できるっていいですねえ」

『何だ？　何が始まるんだ？』

不審な独り言を聞かれるのを恐れたのだろう、佐渡は返事をしない。黒須が冷蔵庫を覗《のぞ》いている隙にこっそり会釈したのみだ。

テーブルの上には、朝、前田が黒須に持たせた弁当の包みが置いてある。佐渡もコンビニ弁当を持っていた。どうやら昼食をここで一緒に取るつもりらしい。

黒須が二人分の麦茶のグラスをテーブルに置き、席に着く。

「さて、聞かせてもらおうか」

あ、と水葵は小さな声を上げた。夢の中であんなにやめろと言い聞かせたのに、黒須はゲイバーでの調査結果を聞くために佐渡をここに連れてきたらしい。

『ふざけんなよ、黒須』

水葵が背中を蹴っても、黒須は蚊に刺されたほどにも感じていない。

スタイリッシュな白い椅子を引くと、佐渡は緊張した面持ちで座り、一枚のカードを取り出した。

「画像の男――井出川の本名と住所、それから勤務先です。友達がかつて井出川とつきあっていたっていう男を紹介してくれて、あっさり入手できました。あの店ではよく思われてなかったらしくて、皆すごく協力的でした」

「なぜ?」

「トラブルが絶えなかったんだそうです。何というか、思いこみが激しくて。話が通じないというか」

『そうなんだよなー、あいつ。俺が何回そういうつもりはないと言っても聞かないんだ。それどころか、いつかきっと振り向かせてみせるなんて、昔のドラマのパクリみたいな台詞吐いてた』

思わず吹き出した佐渡に、黒須が怪訝そうな顔になる。佐渡は慌てて咳払《せきばら》いをして誤魔化すと、水葵を睨みつけた。

「失礼」

カードをすぐには黒須に渡さず、テーブルの手前に伏せる。水葵は立ったままテーブルに手を突いて覗き込んでみたけれど、肝心のアドレスは裏に書かれていて見えない。

「本名は井上《いのうえ》。偽名を使うようになったのは、以前交際相手とのトラブルで訴えられそうになったから、らしいです」

『あー、そういう気の小さいとこ、あったあった』

今度の相槌《あいづち》は黙殺される。

「なるほどな、ありがとう。この恩は忘れない」

黒須が手を伸ばすと、佐渡はカードをさっと取って頭の横に翳《かざ》した。

「若先生はこのカードを得たら、どうされるおつもりですか？」

黒須は肩を竦める。

「決まっている。報復だ」

ずんと胃の腑《ふ》が重くなった。黒須の獰猛な獣を思わせる目つきに迷いはない。

黒須の本気を感じ取ったのか、佐渡の顔色が悪くなった。

「何でですか。若先生が手を下す事はないでしょう。警察に通報すればいい」

「それじゃあ俺の気が済まない」

佐渡はカードをポケットに戻した。

「なら、これは渡せません」

黒須は動じない。

「佐渡、霊安室に異動するか？」

「はあ⁉ そんな、横暴な……！」

まさか本当にそんな下衆《げす》な事はしないと思うが、次期院長と目されている黒須には力がある。

佐渡にとっては恐怖だろう。

『あんた、昔はそういうの、一番いやがっていたのに……』

近づく黒須から、佐渡はじりじりと後退する。でも、すぐに壁際に追いつめられて、両腕に囲われてしまった。

「佐渡。おまえに乱暴したくない。今のうちにそのメモを寄越せ」

声こそ優しかったけれど、それは恫喝《どうかつ》だった。一介の看護師に抗せるはずもなく、佐渡は震える指でポケットからカードを取り出した。黒須は受け取ったそれにちらりと目を走らせ、胸ポケットにしまう。

「ありがとう、佐渡」

玄関の扉が開く音が聞こえた。賑《にぎ》やかな声が聞こえたと思ったら、駆け込んできたクラウスが黒須に飛びつく。

「だでぃ！」

続いて入ってきた匠が、黒須を見て顔を輝かせた。ぱたぱた走ってきて、ぎゅっと足にしがみつく匠に、黒須はさっきまでとは別人のように優しい顔を見せる。

「おかえり、たくみ。どこへ行ってたんだ？」

「あのね、あのね、ぱんやさん！　わんわんが、いっぱいいてね」

「ペットＯＫのベーカリーカフェまで散歩してきたんですよ。お昼、これからなんですか？」

「ああ。食べたらまた病院へ行く」

「あら、そうなんですか。お吸い物お出ししましょうか」

「……あの……お邪魔してます……。おかまいなく……」

前田に会釈され、佐渡が引き攣った愛想笑いを浮かべる。興奮して一生懸命お喋りしようとする匠を抱き上げた黒須が傍を離れると、入れ替わりで同じ場所に陣取った水葵が佐渡の胸ぐらを摑《つか》んだ。

「何ですかやめてください」

『黒須は絶対無茶するから止めろって言っただろうが。何あっさり渡してんだよ！』

佐渡は小さな声でぼそぼそと言い返した。

「無茶言わないでくださいよ！　何なんですか、あの威圧感は。本気で殴られるかと思いましたよ」

青い顔をしていた佐渡はずるずると壁に沿って座り込むと、両手で頬を包んだ。恐怖に震えているくせに至近距離で見つめ合ったからだろう、頬が紅潮している上に目を潤ませていて、水葵はイラっとする。

『だから言っただろう。昔はやんちゃしていたって。喧嘩《けんか》しなくなったのだって、単に売られなくなったからなんだぞ。あいつ、負けなしだったから』

「嘘ォ……」

『同じ病院の先生様が犯罪者になるかどうかの瀬戸際なんだ、何とかしろ。びびってないで、あのメモ奪い返して来い！』

「いやでも、……犯罪を犯すと決まったわけじゃないし……」

『はあ⁉』

凄まれた佐渡の肩がびくりと揺れる。

「俺はあの人の父親に雇われてる身なんですよ？　若先生には逆らえません。……今の職場環

境、気に入ってるし、転職なんかしたくないし……！」

『てめ……』

水葵は拳を握り込んだ。この男はもう諦めようとしている。水葵には佐渡を通してしか黒須に働き掛ける事はできないのに。

凶暴な衝動に呑まれそうになった時だった。ふっと佐渡の視線が横に動いた。反射的に視線の先を追い、水葵は固まる。

匠がすぐ横にしゃがみこんで、水葵と佐渡を見ていた。怒気にあてられたせいだろうか、不安そうだ。

『たくみ……』

じいっと見つめられたらいたたまれなくなってしまい、水葵は立ち上がった。逃げるようにしてリビングを出て、暗い廊下の壁に寄り掛かる。

『何やってんだ、俺は……！』

子供のいる前で暴力を振るおうとするなんて、最低だ。そもそも全部自分のせいかもしれないのに——。

かつかつと小さな爪音を立ててやってきたクラウスが、落ち込んでいる水葵のにおいをすんすん嗅ぐ。水葵を心配して来てくれたのだろうか。水葵は顔を歪めると、優しい獣を抱き締めた。

＋　＋　＋

誰かが窓を開けたままにしているのだろう、テレビの音が聞こえてくる。

下町と言われる界隈《かいわい》で、無骨なコンクリートの箱のようなデザイナーズマンションは浮いていた。いくつかの部屋には人がいるらしく白々とした光を放っている。

近くにある小さな公園で、水葵《みずき》はマンションの窓を見上げていた。植え込みの前にあるベンチでは黒須《くろす》がタブレットを眺めている。光が時々眼鏡にちかりと反射した。病院のシステムに繋《つな》がっているのだろう画面には、様々な情報が表示されているらしい。

『なあ、もうこんな事は止めて、帰らないか』

思い出したように振り返り声を掛けてみるが、黒須には届かない。どうしようもない無力感に、水葵はきつく唇を噛《か》む。

黒須は仕事を終えると、まっすぐここへ来た。一度部屋の位置を確認しに行ったが、井出川《いでがわ》はまだ帰宅していなかった。外から見る窓が暗い。

残業でもしているんだろうか、それともゲイバーに繰り出している？

黒須は井出川の帰りを待つつもりらしい、ここに腰を据えてからもう一時間が経とうとしている。

『あんた、昨日もろくに寝てないのに』

今日、水葵は昼食の後、佐渡《さわたり》と共に病院に戻る黒須について行った。井出川の居場所がわかった以上、黒須はきっとすぐ行動を起こす。今までは一度帰宅してから行動開始していたけれど、今回もそうしてくれるとは限らないと思ったからだ。

半日を共にした結果、水葵は黒須が思っていた以上の激務をこなしている事がわかった。院長の息子だからだろうか、通常の医療行為以外の仕事も多い。判断に迷うと、皆が黒須の指示を仰ぎにくる。来客に対応し、書類に目を通して、場合によっては院長に話を通し、看護師をねぎらいと、休む暇もない。水葵と再会（？）してからは、夜も睡眠時間を削って精力的に動き回っている。このままではいつか倒れそうだ。

公園なんかで時間を無駄に費やすのは止めて、家で心と軀《からだ》を休めて欲しい。

井出川が帰ってきてしまうのも怖かった。

佐渡とのやりとりを見た水葵は確信していた。黒須の中には、何をやらかすかわからない凶暴な獣じみたところが残っている。

帰って来るなよと念じながら水葵は公園の入り口まで移動し、腰ほどの高さの柵に寄り掛かった。

どうしたら黒須を止められる？

直接言葉を交わせないのがどうにも歯痒《はがゆ》い。

——誰かに代わりに黒須に意見してもらうしかない、か？

子供の幽霊は、考えるだけで移動する事も可能だと言っていた。目を瞑《つむ》り、水葵はクラウスと戯れる匠《たくみ》の姿を脳裏に思い浮かべる。

あそこに戻れば——あの子は携帯を持っている——。

頭が痛くなるほど念じてみたけれど、移動できる感じはしない。というか、そもそもどうイメージしたらいいのかわからない。まるで錘《おもり》のついた鎖に繋がれているようだ。

己の無力さを噛み締めていると、足音が近づいてきた。あ、という小さな声に顔を上げると、公園の前を走る小道を近づいて来つつあったのは、仕事帰りなのだろう、薄いジャケットを羽織った佐渡だった。

水葵は、素早く背後に目を走らせる。黒須はタブレットをいじっていて、低い塀の向こうに見える佐渡に気がついていない。

水葵はまず、唇の前に一本指を立てた。

理解したのだろう、佐渡が唇を引き結んだまま足を止める。その間に水葵は柵から離れ、佐渡に走り寄った。

『こっちだ。公園の中に黒須がいるから静かに』

すれ違いざま顎をしゃくると、佐渡が黙ってついてくる。声が届かないと確信できるくらい離れるとようやく足を止め、水葵は佐渡と向かい合った。

『ここまで来れば聞こえないだろう。声を出していいぞ』

「まだ奴のところへは行ってないんですか？」

『帰宅待ちだよ。佐渡はどうしてここに？』

「どうにも気になって落ち着かなくて。でも、本当に来たんですね、若先生は」

自己保身が第一の臆病者なのかと思ったのだが、そうでもなかったらしい。そわそわと公園の方を窺《うかが》う佐渡を見ているうちに閃《ひらめ》いた。

『俺としては何もないまま黒須には家に帰って欲しい。手伝ってくれないか？』

「手伝いって……何を」

どんな大変な事をさせられると思ったのか、やけに用心深い顔になる。

『電話を掛けて欲しい。黒須の家に』

「そんな事を急に言われても、若先生の電話番号なんて知りませんし」

『俺がたくみくんの番号を覚えてる』

「たくみくん⁉　あんな小さい子に話が通じるんですか？」

『多分あの子、黒須の番号に掛ける事くらい教えられていると思うんだ。腹が痛いとかなんとか言えば、黒須も帰るんじゃないか？』

佐渡がスマホを取り出した。

「やってみましょう」

水葵が指示した番号が打ち込まれる。とうに寝る時間は過ぎていたけれど、黒須の帰りを待っていたのか、匠がすぐ電話に出た。

〝もしもし、ぱぱ？〟

水葵は佐渡が持ってくれているスマホに顔を近づける。

『違うよ。水葵だ。わかる？　うちにいる、おにいちゃん』

〝おにいちゃん？〟

前田《まえだ》の声が聞こえた。

〝あら、おにいちゃんって、どなた？　たくみくん、代わってくれる？〟

『ええ⁉』

多分、水葵の声は前田には聞こえない。慌てて代われと言うと、佐渡は実に心許ない顔をした。

「え、なんて言えばいいんですか！」

必死に考えを巡らせる。黒須が帰宅するよう嘘《うそ》をついてくれ、なんて言ったら家政婦は不審に思うに違いない。いっそ全部事情を説明するべきだろうか？

でも――待てよ。匠の携帯には――。

『──あ！　そうだ、佐渡さん、たくみくんの携帯で撮った写真を確認して欲しいって言ってみてくれ。ここ数日ので、クラウスと俺が写っているのがあるはずだ。見つけたら黒須に転送してもらえばいい』

「わ、わかりました。あー。夜遅くにすみません、私、昼にそちらにお邪魔した佐渡と言いますが、その、たくみくんの携帯に保存されている画像をですね──」

前田が電話に出たのだろう。佐渡がスマホに喋《しゃべ》り出した。水葵が言った通りの事を話し、一旦電話を切る。

「写真なんて、撮ってたんですか？」

『ああ。今の今まですっかり忘れてたけど』

「──でも、香月《こうげつ》さん、カメラに写るんですか？」

『あ……写ってるように見えてたけど、もしかしたら黒須には見えないかも』

「見えなかったら、意味ないですよね⁉」

『そうしたら他の作戦を考えるさ』

その必要はなさそうだった。足音が聞こえる。

公園から走り出てきた黒須があっという間に夜の街に消えてゆくのを見送り、水葵はほっと胸を撫《な》で下ろした。

『作戦成功ってところかな』

佐渡の表情も緩む。

「若先生、香月さんが起きたと思ったんでしょうね。ただの心霊写真なのに」

『ただの心霊写真』

違和感のある言い回しである。

水葵は暗い夜道の中央で、ひとまず佐渡に頭を下げた。

『協力してくれてありがとう。あと、昼は怒鳴ったりしてごめん』

佐渡は何の関係もないのに、井出川の情報を集めてくれたのだ。それなのにあの態度はない。

「いいです。好きな男が自分のせいで破滅する姿を見たくないって気持ちはわかりますし」

『…………は？』

水葵は凍りついた。

『なな何言ってんだ？　別に俺はすすす好きなんかじゃ』

「ここまで来て隠す事ないと思うんですけど。香月さん、若先生が好きですよね？」

『う……』

赤くなった水葵に、佐渡がにんまりと笑む。

「すまなかったと言うんなら、夕飯つきあってくれませんか。色々と聞きたい話もありますし」

『生き霊を食事に誘うのかよ！』

でもまあ、行ってやってもいい。黒須も今夜はもう、外に出ようとはしないだろう。

時々地図を確認しながら昔ながらの商店街へと抜け、佐渡と目についた居酒屋に入った。チェーン店らしい店内は広く、席もぽつぽつと空きがある。

「いらっしゃいませ、お一人様ですか？」

カウンター席へと連れて行こうとする店員に、佐渡は堂々と言った。

「いえ、見えないけどここにもう一人いるんでテーブルでお願いします」

『おい！』

店員は一瞬、こいつ頭がおかしいんじゃないかという目をしたけれど、そこは客商売、即座に取り繕って一番端の目立たない席へと案内してくれた。

席についた佐渡がお絞りで手を拭きながら、爽やかな顔に悪質な笑みを浮かべる。

「ふふ、見ました？　店員の今の顔！」

『……佐渡さん、もしかしなくとも、相当疲れてるんだろ？』

テーブル備えつけのタブレットの上で佐渡の指が踊る。まず注文したのは熱燗《あつかん》。猪口《ちょこ》は二つだ。

ホタルイカのお通しと共に酒が運ばれてくると、佐渡は水葵の前にも酒を満たした猪口を置いた。

「はい、お供えもの」

『……飲めるかな……』

試しに手に取ってみると、持てた。どういう理屈になっているのか、テーブルの上にはもう一つ佐渡が置いたままの猪口が残っている。この猪口も本体と霊体に分離したのだろうか。

両手を添えて口に運ぶと、熱い酒気が喉を滑り落ちていった。

『――何か食べられたの、霊になってから初めてだ』

ほうと溜息《ためいき》をついて猪口をテーブルに置くと、佐渡が注ぎ足してくれる。

「おいしいですか?」

『ん。うまい』

箸と小鉢の方も試してみたけれど手に取れなかった。でも酒が五臓六腑《ごぞうろっぷ》に染み、指先まであたためてくれる。今夜は気持ちよく酔えそうだ。

「生き霊になるって、どんな感じですか?」

タブレットでメニューを選びながら佐渡が尋ねる。水葵は肘を突いて考え込んだ。

『別の次元の生き物になったような感じだ』

「SFチックですね」

『見えるし触れるけど、何にも干渉できない。生き霊である事に慣れてレベルが上がれば違うのかもしれないけど』

ふっと佐渡が吹き出した。

「霊体にレベルって」

『この間会った子は、自在に空を飛んでいた。かと言えば、病院内をさまよい歩いているだけに見える存在もいたな。……あっちは本当の死霊なのかも……』

暗澹《あんたん》とした雰囲気は自分とも子供とも違うように思えた。佐渡の方がよほど長く病院で時間を過ごしているはずなのに、遭遇した事はなかったらしい。

「やっぱりウチの病院にもそういうのがいるんですか⁉」

シャツから覗《のぞ》く佐渡の腕に鳥肌が立っている。

『あとはそうだな、黒須に触ると取り憑ける』

「取り憑ける⁉　操ったりできるって事ですか⁉」

『いや、全然。あいつのインナースペースに吸い込まれるだけだ。もしかしたらそのあたりもレベルによって変わるのかもしれない』

操れたなら話はもっと簡単だったのだ。

「インナースペース……若先生の心の中の世界ですか……。どんな感じなんですか？　若先生の感じた事や考えた事を読みとれるようになる？」

どんな感じ――？

思い出そうとして、水葵は、う、と小さく唸《うな》った。真っ先に思い出されたのは、黒須の汗ばんだ膚《はだ》の感触だった。他の事を思い出そうと努めても、次々に頭の中に浮かんでくるのは淫靡《いんび》なイメージの断片ばかりで、酔いのせいではなく顔に熱が昇ってゆく。

『いや、その、夢の中で黒須と対峙《たいじ》しているって感じだ』

他には誰もいない、静かな世界で。

「ふうん。で、何で赤くなるんですか?」

『ううう……っ』

水葵を見下ろす佐渡の視線が冷たい。

「香月さんと若先生はどうしてつきあわなかったんですか? 相思相愛のようにしか見えないんですけれど」

胸の奥の深い場所がつきりと痛んだ。

『相思相愛じゃないだろ。俺は好きだったけど、黒須は違う』

「は?」

『何だよ。それに、院長に襲われたせいで、それどころじゃなくなっちゃったんだよな』

猪口を口に運ぼうとしていた佐渡の手が止まった。

「──襲われたって、レイプされたっていう意味ですか?」

『そ。未遂だけど』

「えええぇぇ?」

途中で佐渡は声を落としたけれど、それでも視線を感じた。しいっと唇の前に人差し指を立て、水葵は苦い笑みを浮かべる。

『院長のおじいさんが愛人囲うのに使っていたっていう離れで俺、変なクスリ打たれてさ。両腕ベッドの柱にくくりつけられた。もちろんおとなしくヤられるつもりなんかなかったから、言ったんだ。レイプなんかしてみろ、絶対泣き寝入りなんかしない。奥さんや黒須にバラしてやる、あんたはこういう最低な奴だって——ってね。そうしたら鼻で笑われた』

——結構。好きにしたまえ。だが、わかっているのか？　おまえがそんな事をしたら我が家は崩壊する。受験前だというのにあの子はいがみあう両親に心を痛める事になるだろう。いや、あの子の事だから、私の金で大学に行くのはいやだと言い出すかもしれないな。折角医師になる意志を固めて真面目に勉強し、いいスコアを叩《たた》き出してきたのに、進学自体断念して高卒で働くと言い出すかも。

格子のはまった窓の外に、咲き誇る薔薇《ばら》が見えていた。繋がれた手首は水葵に、家畜になった気分を味わわせた。水葵が吊《つる》されている天蓋つき寝台は、古いけれどとても金が掛かっているのが見ただけでわかった。寝台だけではない。建物も調度も豪華で、水葵を圧倒しようとしているようだった。

『おまえはあの子から家族を奪い、あの子の人生を無茶苦茶にする気かって言われたら、頭の中が真っ白になった……』

佐渡が眉を顰《ひそ》める。

「悪いのは院長なんだから、結果がどうなったところで香月さんが気にする必要はないと思いますけど」

水葵はゆっくりと首を振った。たとえそれが正しい因果応報の結果であっても、好きな奴が不幸になるかもしれない道など選べない。

黒須の屋敷で見る院長は、水葵が幼い頃に失ってしまった理想の父親そのものだった。

水葵の父は、今や母の敵に成り下がってしまっている。だからこそ余計に水葵は、黒須には幸せなままでいて欲しかったのかもしれない。

水葵が知らなかっただけで、黒須はもうとっくに理想の家族を喪ってしまっていたらしいけれど。

『あいつはこうも言ったな。黒須は将来あの病院を継ぐ、大事な跡取りなんだ、早々にいいところのお嬢さんと結婚してたくさん子供を作らなければならないんだから、おまえみたいな薄汚い野良犬が擦り寄るのを黙って見ているわけにはいかないんだって。——親が離婚していても経済的に豊かでなくても、引け目に感じる事なんて一つもないと思っていたけれど、その時はすとんと飲み込めたよ。ああ、黒須にとって俺は薄汚い野良犬のような存在なんだって』

「なんですかそれ、そんな事、あるわけない」

『いいや、あるだろ。俺は女じゃなくて男なんだから。好きだ何だって綺麗事《きれいごと》並べたところで社会的に認められない。もしこの気持ちを押し通したら、俺は黒須の汚点になる』

水葵にとって黒須は最初から特別な存在だった。身につけている物も能力も矜持《きょうじ》も、何もかもが自分とは違う。近いようで星ほども遠い。

『結局、院長の弟って人が助けに入ってくれたんだけど、俺もう、帰る事しか頭になくて。タクシーに飛び乗って、それで――』

それで、その後、黒須に会った。会ってしまった。

黒須に抱かれた時の甘い痛みを思い出し、水葵は切ない吐息をつく。

あの時、どうして黒須は抱いてくれたのだろう。

わからない。でも、一度だけでも抱いてもらえて嬉《うれ》しかった。

あの時から水葵の心は凪《な》いでいる。どんなに素敵な人と会っても黒須ではないというだけでときめけない。

「軽い気持ちで聞いてすみません。香月さん、若先生を本当に大切に思ってたんですね」

ふう、と酒気で熱を帯びた溜息を吐き出すと、佐渡は猪口を呷《あお》った。

『まあ、全部昔の話だ』

ずっと誰にも言えずにいた秘密を吐き出して、水葵の心は散々泣いた後のように軽くなっていた。からっぽになったところにすうすうと風がよく通って心地いい。

「ぽっと出が若先生をさらっていくなんてむかつくと、ちょっと思わないでもなかったんですけど、これからは香月さんの事を応援しようかな」

佐渡が残った酒を猪口に注いでくれる。ぬるくなった酒を水葵は舐《な》めるように呑《の》んだ。

応援なんか、してくれなくていい。

今、こんな事になっているのは黒須への不埒な思いのせいかもしれないのに、欲しいなんて言えない。

運ばれてきた料理がなくなると、二人はすぐに席を立った。佐渡は翌日も仕事だと憂鬱そうな顔で電車に乗って帰って行った。水葵も反対方向の電車で、黒須のマンションへと帰る。

部屋に入ると、黒須はまだリビングのソファにいた。膝《ひざ》の上では匠がすうすうと平和な寝息を立てている。

黒須の手には匠の携帯があった。画面にはクラウスを撫でる水葵の姿が表示されている。

「水葵——もしかして、ここにいるのか？」

テレビもついていない静かな部屋に黒須の声が虚《うつ》ろに響いた。

本体がこれまで通り眠っている事から、写真に写っているのは霊体であるという正解に辿《たど》り着いたらしい。

『いるよ。返事したってどうせ聞こえないんだろうけどな』

優しく囁《ささや》くと、水葵は黒須の隣に腰を下ろした。

黒須は水葵の存在に気づかない。

『明日も仕事なんだろ。もう寝ろ。たくみくんもベッドに戻してやれ』

無駄だと知りつつも話し掛けずにはいられない。黙っていたら、本当に消えてしまうような気がする。自分が。煙みたいに。――いっその方がいいのかもしれないけれど。

黒須が溜息をついた。水葵の声が聞こえたかのように、匠を抱いて立ち上がる。黒須が子供部屋に消えると、水葵も誰もいなくなったリビングを後にして寝室に入った。

ベッドで眠る水葵は日に日に生気が抜けてゆくようだった。眠る己の胸に頭を乗せ、水葵も目を閉じる。

＋　＋　＋

公園に隣接した小綺麗なカフェは平日の昼間だというのに女性客で賑《にぎ》わっていた。彼女たちがちらちらと見ているのは、テラス席に一人でいる、物憂げな雰囲気を纏《まと》ったいい男だ。長身で黒縁の眼鏡が理知的、食われてみたいと思わせる色気もある。

でも、だでぃ、という舌足らずな声に男が微笑《ほほえ》むと、熱っぽい視線は四散した。ぱっと見には目に入らないけれど、男の足下では幼い子供が大きなコリー犬とじゃれていた。ふさふさの軀をのしっと抱え込み、顔をぐりぐりしている。力加減などできない子供にのし掛かられて重いだろうに、犬はおとなしい。

水葵は全部ひっくるめてなんて愛おしいんだろうと思うのだが、女たちは子連れなど論外らしい。ほっとする反面、その現金さが不快だ。

何かを見つけたらしい、子供がテラス席の際でしゃがみこむ。ぽてぽて走って保護者の元へと戻ってきた子供は、ダディの前にタンポポを一本置いた。それからテーブルを半分回り、空席の前にももう一本置く。何も見えない空中を見上げくすぐったそうに笑う子供の様子に何かを察したのだろう、男の目が細められた。

「水葵、そこにいるのか？」

頬杖を突き、コーヒーを飲む黒須を眺めていた水葵はにっと笑った。

今日は非番らしい。朝寝をして、遅い朝食兼昼食を取るためこのカフェにやってきた黒須に合わせ、水葵も今日はのんびりと過ごしていた。

匠の写真を見た日から、黒須は物思いに耽《ふけ》る事が多くなった。前田に電話をした佐渡を問いつめたり、匠からこの写真はどういう事なのかと聞こうとしたりもしている。あまりの勢いに怒っているのだと勘違いした匠が泣き出してしまい黒須を落ち込ませたりもしたが、佐渡の方はあっさりと認めた。写真という証拠があるおかげで頭がおかしいと思われなくて済むからだろう。

初めから水葵は傍にいて、井出川への襲撃を必死に止めようとしていたと聞いては、復讐《ふくしゅう》の敢行も躊躇《ためら》われたらしい、今のところ黒須に、再襲撃の兆しはない。

　水葵は上半身を倒すと、テーブルの下の匠に話し掛けた。

『たくみくん。俺がうんって言ってるって、ダディに伝えてくれないか？』

　大きな瞳が瞬く。こてりと頭を傾げられ、水葵は言葉を足した。

『伝言ゲームだよ。俺の声はたくみくんが伝えてくれないと、ダディまで届かないんだ』

「げえむ……」

　匠はテーブルの下からのそのそと這《は》い出すと、立ち上がって黒須の膝に両手をちょこんと乗せた。

「だでぃ、おにいちゃんが、うんって」

　黒須の眼差しが揺れた。

「……そこで聞いてくれているんだな？　どうして目覚めないのか教えてくれ」

「えと」

　言われた通り復唱しようとする匠を、水葵が止めた。

『大丈夫、聞こえてるよ。わかんないってダディに伝えて』

「んと、わかんないって」

　匠の、内緒話をする時のように口元に片手を添えた仕草が可愛い。真剣な顔で匠の言葉に耳を傾けている黒須も微笑ましくて顔が緩んでしまう。

『あと、俺なんかより自分を大事にしろ馬鹿って、伝えて』

素直な匠は仰《の》け反《ぞ》るようにして黒須を見上げると、全部そのまま伝えた。

「あと、おれなんかよりじぶんをだいじにしろばか、だって」

黒須の顔に赤みが差す。

「たくみに〝馬鹿〟なんて言葉、使わせるな……」

黒須は眼鏡を毟《むし》り取り、両手に顔を埋めてしまった。

――泣いているんだろうか。

水葵の目の奥も熱を持ち、視界を滲《にじ》ませる。

一体どうするのがこの男にとって一番の幸いとなるのだろう。それさえわかればなんだってするのにと水葵は思う。

「だでぃ？　ぽんぽんいたいの？」

黒須は黙って椅子を引くと、心配して覗き込もうとしていた匠を抱き上げ肩口に顔を埋めた。

足下でクラウスがきゅんきゅん甘えた声を上げる。

風が緩やかに膚を撫でてゆく。ちらちら揺れる木漏れ日が黒須のシャツの肩を白く輝かせた。

物語の一節のような情景をぼんやりと眺めていた水葵がふと振り向く。

誰かが見ているような気がした。

＋　＋　＋

その後、買い物を楽しんでいる途中で黒須に呼び出しが入り、水葵たちはマンションに戻る事になった。淋《さび》しそうな匠に留守番をするよう言い含め、黒須は急いで出掛けてゆく。

前田は今日、休みだったのだけれど、すぐ来てくれるらしい。大変だなあと思いつつ水葵は黒須の寝室に戻った。ベッドに上がってあぐらを掻《か》き、眠っている自分を見つめる。

毎日努力はしているけれど、いまだ元の軀に戻れる気配はない。

糸が細くなっていると病院で会った子供は言っていた。糸とは何なのだろう。このまま糸が切れてしまったら、どうなるのだろうか。

死ぬ？　それとも永遠に眠り続ける？

『あんたさ、何から何まで前田さんに世話してもらって恥ずかしくないわけ？　いい加減に俺を受け入れろよ』

自分の軀に説教してみるが、もちろん反応はない。今日はどうアプローチしようかと考えていると、玄関の方から大きな物音が聞こえた。

『ん？』

怒っている前田さんの声がするが、扉が閉まる音と共に遠くなる。いつもは無駄吠《むだぼ》えしないクラウスまで吠え始めた。

様子がおかしい。

水葵は閉まっている扉を壁抜けして寝室を出ると、リビングを横切った。玄関へと伸びる廊下を覗き込んでみて、急いで頭を引っ込める。

『──何でだ⁉』

クラウスに吠えられ、玄関を入ったところで立ち往生しているのは井出川だった。どうしてここにいるんだろう。水葵がここで保護されているのを知っているのは黒須と佐渡だけのはずだ。

どうやら前田は閉め出されたらしく、玄関の扉を外から叩く音がする。玄関の黒いタイルの上に、前田のスマホが転がっていた。クラウスと対峙する井出川はナイフを握っている。

──嘘だろ。

「おにいちゃん、なに……？」

どうすべきか考えていると、リビングのソファで一人遊びしていた匠までやってきてしまった。水葵のシャツの裾を握ろうとするけれど触れなくて眉尻を下げた顔が罪なほど可愛かったけれど、今は感動している場合ではない。

水葵はしゃがんで、匠と視線を合わせた。

『たくみくんのお電話、どこにある？　取ってきてくれるかな』

首を傾け考え込むと、匠はぱたぱたと走っていってソファに投げ出してあったお出掛け用のリュックサックを取ってきた。パンダのぬいぐるみ型で、タグに携帯のストラップがくくりつけられている。ストラップの先は膨らんだポケットの中に続いていた。

『じゃあね、これから走ってトイレに行って、中から鍵を掛けて。それからお電話してくれる？　知らない男の人が家の中にいるって』

うまく理解できないのだろう、匠はぱちぱちと瞬いている。でも、ゆっくり説明している時間はない。

『はい、走って！　よーいドン！』

ぱん、と手を叩いた音と、クラウスの甲高い悲鳴が交差した。

「くらうす？」

トイレに行けと言っているのに、匠は玄関の方へ駆け出そうとする。水葵はもどかしさに歯噛みした。肉体があれば、匠を抱えてトイレの中へ駆け込めるのに——！

「どけ！　こら！」

向かおうとしていた廊下からナイフを手にした男が現れた。ぽたぽたと垂れる赤を見た匠が立ち竦《すく》む。

まずい。

『たくみくん、トイレに行って。誰か呼んで、クラウスを助けてあげて』

ぴくりと匠の肩が揺れた。振り返って水葵の顔を見上げる。唇をきゅっと引き結びぱたぱたと走り始めた幼い子供を、井出川は目で追いもしなかった。血走った目は、水葵の上に据えられている。

――据えられている？

『あ……！　俺が見えてんのか！』

なんて事だろう。井出川も見える人だったのだ。

水葵はくるりと井出川に背を向けると走り出した。黒須の居住スペースは広い。リビングの奥にも廊下があり、あまり使われていないサンルームや書斎といった部屋がある。鍵の掛かったサンルームの前で足を止めると、水葵は目を瞑った。何度も繰り返してきてはいるけれど、水葵にとって壁抜けはまだ簡単ではない。うまく通り抜けられるイメージを作れないと、激突して痛い目にあう。

井出川がすぐ近くまで迫ってきている。水葵は必死に扉に意識を集中した。

この扉に実体はない、ない、ない……。

ない。

踏み出すと、何の抵抗もなく前に進めた。目を開けて振り返ると、扉に開口した覗き穴の向こうに激怒した井出川が見えた。本当にあと一歩のところで逃れられたらしい。

「ここを開けろ！」

扉を殴りつける音に軀が竦む。扉には期待したとおり鍵が掛かっていた。この部屋だけは匠が勝手に入らないよう、常に鍵が掛けられている。以前、ここで長時間窓の外を眺めた結果、酷《ひど》い日焼けをしてしまったせいだ。それに、ここには外に出られる扉があった。おそらくメンテナンス用なのだろうそれは簡単には開かないようになっているけれど、匠はそれが気になるらしく飽かずいじり回して大人の恐怖を誘ったらしい。

おかげで避難に使えたけれど、扉は長く保ちそうにない。

水葵は屋外へと繫がる扉の前に立った。ここなら外に足場のようなものがあるので逃げやすい。

壁抜けをすれば別の部屋に逃れられるけれど、水葵としてはできるだけ井出川をここに引きつけておきたかった。家の中には匠がいる。傷ついたクラウスも、無防備に眠り続ける水葵の肉体もある。

でも、井出川に近づき過ぎて触れられるのもまずかった。黒須に触れた時のように吸い込まれる可能性があるからだ。あの男の中に入るなんて、考えるだけでぞっとする。

がつんと大きな音を立てて扉が揺れた。鍵の傍からナイフの切っ先が覗き、木っ端が散る。

まるでスリラーかホラー映画だった。しかも、普通なら追う側の幽霊が追われ、人間が追うという、とびきり異色な——。

激しい衝撃音と共に扉が蹴り開けられた。水葵はすうっと息を吸い込むと、扉に背を押し当て、目を瞑る。先刻壁抜けした時の、何の手応えもない感じを頭の中で呼び起こす。行ける。

一歩下がったのと同時に、がつんと暴力的な音が響いた。目を開けると、ガラス越しに扉を殴りつけ顔を歪《ゆが》めている井出川の顔が見えた。

ギリギリセーフ。

でもこの扉もきっと開けられてしまう。水葵は壁に縋《すが》り、サンルームから少しでも遠ざかろうとした。

空は晴れ渡り、いかにも穏やかそうだ。でも、そんな見た目とは裏腹に、耳元でごうごうと風が鳴っていた。気を抜くと煽《あお》られて足を踏み外してしまいそうだ。

落ちたら、死ぬだろうか。

霊体とはいえ、水葵はレベルが低い。普通幽霊ならできるだろうと思っていた事の大半ができない。

――俺が死んだら、黒須は泣くだろうか。

ふとくだらない想像をしてしまった水葵の目に、恍惚《こうこつ》とした光が灯った。

きっと哀しんでくれるに違いない。まあ、確かめてみる気はないけれど。

ロックの開け方がわかったのだろう、サンルームの扉が開いた。身を乗り出し、風に煽られた井出川が怯《ひる》む。

『来るな』

きょときょとと動いていた井出川の目が、水葵を捉えた途端に据わった。

「こっちへ戻ってこい！」

『断る。大体あんた、そんなものを持って何するつもりだよ』

服の裾が風をはらみ、はためく。

井出川が握るナイフの切っ先は落ち着きなく揺れていた。

「し、心配してたのに……っ！　おまえがっ、あんな男と浮気なんかするから……っ」

黒須と外出したところを見られたのだろうか。そしてマンションまで尾行された？　張っていたなら、黒須が不在のタイミングで押し入ってきたのもわかる。まさか井出川が見える側の人間だと思わなかったから水葵は全然警戒していなかった。

『アホか。つきあってもいないのに何が浮気だ』

「う、う、うるさい！」

井出川が怒鳴る。どうにかしてあいつを祟《たた》ったり呪ったりできないだろうかと思った時だった。井出川の姿が後ろから引っ張られたように扉の中に消えた。

『――――え？』

争うような物音が聞こえる。それから、黒須の声が。

『あ、たくみくん、警察じゃなくて黒須に電話を掛けたのか！』

水葵は蒼褪めた。

壁を伝って戻るのは時間がかかる。水葵は外壁を通り抜けて一旦廊下にでた。サンルームへと駆け戻ると、黒須が井出川を壁際に追いつめていた。

「不審者が押し入ったと聞いて戻ってみたら――――おまえか、井上」

長身で体格もいい黒須に睨《にら》み据えられて、井出川は必死に虚勢を張っている。

「何で俺の名前を知っている」

「おまえの事はよう知ってるよ。水葵につきまとってたんだろう？　そしてあいつを殺そうとした。ずっと会いたいと思っていたんだ。こんな形になるとは意外だったけどな」

黒須の目は殺意に漲《みなぎ》っている。ぞくり、と背筋に冷たいものが走った。こういう目をした黒須を、水葵は以前にも見た事があった。

雨の日の、土臭い臭いが鼻孔に蘇《よみがえ》る。黒須に勉強を教えて貰《もら》うようになって半年が経とうとしていた頃だった。水葵は黒須にちょっかいを出していた連中とたまたま行き会ってしまい、空き地に連れて行かれた。彼らがどんな事をするつもりだったのかはよくわからない。すぐに黒須が来てしまったからだ。

荒い息づかいが雨音をついて聞こえてくる。

水葵は水気の多い泥の中に座り込み、しばらくの間呆然《ぼうぜん》と黒須と上級生たちを眺めていた。持っていたビニール傘は投げ捨てられ、雑草の上で雨水を溜《た》めている。そのすぐ横で、黒須がさっきまで水葵を小突いていた男に跨《また》がり、殴っていた。

がつん、がつんという痛そうな音の合間に白いものが泥の中に飛ぶ。あれはきっと歯だ。

――鬼気迫る目つきに、殴り殺してしまうのではないかと思った。

何度か制止の声を掛けたけれど黒須は止まらず、水葵はとうとう殴る腕に縋りつく。

もういい。黒須、やめろ！　それ以上殴ったら、友達やめるぞ。

水葵に背中を向けて黙々と男たちを殴る黒須が怖かった。

でもそれ以上に仄暗《ほのぐら》い悦びを覚えた。

こいつが怒りに理性を失っているのは、俺のためだ……。

邪魔された黒須が弾かれたように振り返り、吠える。

何でだ、こいつらはおまえを……！

体格がよく顔立ちも整っているだけに、獣じみた怒りをたたえた黒須の眼差しはぞくぞくするほど恐ろしく、水葵を魅了した。

わかってるけど！　嬉しいけど、俺のせいでおまえが停学くらうくらいなら、友達止めた方がマシだ。だから止めろ。な？

黒須はしばらくの間黙って水葵を睨みつけていた。

黒須の事は初めから特別に好きだった。でもこの時、水葵が黒須に対して抱いた思いの種類はそれまでと明らかに違っていた。

普段とは違う荒っぽさや狂気すらはらんだ眼差しに眩暈《めまい》すら覚える。軀が熱い。

今ならわかる。あの時、水葵は黒須に欲情していた。


井出川を襲う黒須の目つきは、あの時と同じだ。

途中で止めたにも拘《かか》わらず、あの時の二人は結構な怪我をしていた。今回も止めないとどうなる事かわからない。でも、どうすればいい？　水葵の声は黒須には届かない。

匠に止めさせれば効果的だろうけれど、駄目だ。大好きなダディが暴力を振るう姿なんて見せたくない。他に水葵が見えるのは佐渡だけだけれど、捜して呼んでくる暇はない。

迷っていたのは一瞬だった。水葵はサンルームから飛び出すと、寝室へと走った。

人に何かしてもらう事ばかり考えるんじゃない。自分で止めろ。

神業的な集中力を発揮して足を止める事なく扉を通り抜け、ベッドに飛び乗る。

『起きろ！　何のんびり寝てるんだ。黒須を犯罪者にするつもりか！』

己の軀に跨がり、揺する。

黒須が犯罪者になったら、水葵のせいだ。

『黒須の傍にいたかったら、起きろ、俺を受け入れろ！』

きつく自分の躯を抱き締める。すると無抵抗に、頭と両腕が沈み込んだ。凍えるような冷たさにくじけそうになりつつも、水葵は一心に念じる。

——目を覚ませ。

病院で医師らしくきびきびと看護師に指示を下す黒須の姿が脳裏に浮かんだ。口元に手を当てた匠と顔を寄せ、伝言ゲームをする微笑ましい姿も。

有能な医師で、いい父親。知的で情に厚く、セックスもうまい。

——黒須が獣性を剝き出しにした獰猛《どうもう》な顔を見せるのは、ベッドの中の自分だけでいい。

目覚めろ、今すぐに。黒須を止めるんだ。

ずぶずぶと心が躯に沈んでゆく。段々と躯の境界が曖昧になってゆく。

溶けて——混ざって——元通り、ひとつに。


水葵はがばりと身を起こした。

「うおっ、躯が重い……っ」

シーツに縫いつけようとする力に逆らってベッドの端まで這《は》って進み、慎重にベッドから下りる。

フルマラソンを走った後のように膝が笑った。でも、躊躇《ちゅうちょ》している時間はない。壁に縋りながら歩き出す。サンルームに向かって。

　思ったより時間は経っていないらしい。井出川がまだ元気に何やらわめいている声が聞こえて、ほっとする。廊下を急ぎ足で進むと——転ばずに走れる自信は今はない——破壊され開いた扉の向こうに、井出川に跨がった黒須の後ろ姿が見えた。

　何か言っている。と、思ったらいきなり井出川を殴る。がつんと痛そうな音がした。

「おい、やめろ！」

　水葵は慌てて走り寄ると、逞《たくま》しい背中を裸足で蹴飛ばした。大して痛くなかっただろうけれど、黒須の動きが止まる。

「こ、香、月……！」

　黒須の背後を見上げた井出川が叫んだ。

　機械仕掛けの人形のようにぎこちない動きで黒須が振り返る。水葵の姿を捉えた途端、黒い瞳が幽霊でも見たかのように見開かれた。

「これは、夢か……？」

「夢じゃないっつーの！　どうすんだよ、これ！」

　水葵は襤褸《ぼろ》切れ《き》のように床に転がる男を指さした。散々に殴られたに違いない、井出川の顔は酷い有様だった。止せばいいのに水葵に向かって手を伸ばそうとして黒須の怒りを買い、もう一発殴られる。

「やめろって、――黒須!?」

ぐったりとした井出川を冷ややかに一瞥《いちべつ》し、黒須が立ち上がった。白衣が血で汚れている。井出川の血だろうか。それとも、黒須の――?

「怪我、してんのか?」

「……大した事ない」

やっぱり怪我をしたのだ。

指先が震える。無茶ばかりしやがって。取り返しのつかない傷を負わされたらどうする気だ。怒りと恐怖で立ちくらみを起こしたようになってしまった水葵の軀が、あたたかい腕に包みこまれた。

「そんな事より、おまえが目覚めてくれてよかった」

怪我させられたくせに、黒須が心底安堵《あんど》したような声を出す。

今度こそ夢ではなく、本物の黒須が水葵を見つめ、抱きしめてくれていた。

心臓がおかしくなる。目の奥が熱い。

もう、死んでもいいとすら水葵は思った。

――いやまた幽霊になるのはごめんだけれど。

一時たりとも離れたくなかったけれど、玄関の方から物音が聞こえてくる。

「誰か、来た……」

「ああ、前田さんに俺のスマホ渡したからな。通報してくれたんだろう」

「前田さんに怪我は？」

「閉め出されただけだ。ない」

「そっか。……あ、たくみくん！」

長めにカットされた髪が目の上で跳ねる。水葵は抱擁をほどくと、黒須の手を引いて走った。

井出川にはもう目もくれない。

トイレの前にはすでにクラウスがいて、きゅんきゅんと心配そうに鳴いていた。床が少し血で汚れている。どうやら前足のつけ根に切りつけられたようだ。

「クラウス」

床に膝を突くと、水葵はそっと勇敢な獣の軀を抱き締めた。それからドアに向かって極力優しく話し掛ける。

「たくみくん、ダディが帰ってきたよ。もう大丈夫、出ておいで」

最後までいうより早く解錠の音が聞こえ、小さな軀が飛び出してきた。正面にいた水葵にぶつかるように抱きつく。

「たくみくん……」

もっちりとしたほっぺたが真っ赤に上気していた。背中にはパンダのリュックを負ったまま、手にはまだ携帯電話が握られている。

「おにいちゃ……っ、くらうす……」

すんすんと泣き始めた匠の頭を、水葵は賞賛の気持ちを込め撫でてやった。

「よく頑張ったね。たくみくんのおかげで、悪者をやっつけられたよ」

「だでぃ……」

「おいで」

抱き上げられ、匠は黒須の首にしがみついた。廊下の向こうから警官がやってくる。


井出川が搬送された後、水葵と黒須はまず動物病院に行ってクラウスを預け、黒須病院へと移動した。黒須は怪我の処置のため、水葵は検査のためだ。ずっと目覚めなかったのは超自然的な何かが原因らしいと黒須も了解していたけれど、一週間以上も寝っぱなしだったのだから念のため診ておきたいと言われたら水葵に反対する理由などない。

その間、匠がおとなしくしていられるのかが心配だったのだけれど、黒須は自分たちの処置に取り掛かる前に特別室へと寄った。黒須の白衣の裾を握り締めきょときょととしていた匠の表情が、ベッドに寝ている男の顔を見るなり明るくなる。

「ぱぱ！」

「ええ……!?」

黒須と水葵がいる事など忘れたかのように、まっすぐベッドへと走ってゆく。

「悪い、出流《いずる》。怪我をした。治療の間、たくみをここに置いて行っていいか？」

黒須が砕けた口調で用件を告げると、酷く顔色の悪い若い男――どことなく黒須に似ている――が、弱々しい笑みを浮かべ匠に手を差し伸べた。

「もちろんだよ、兄さん。匠、おいで」

「兄さん⁉」

驚愕《きょうがく》している水葵の肩を抱き、黒須が病室の外へと導く。

「ああ、香月は知らなかったか。俺が大学に入ってからわかったんだ。父が外に子供を作っていたって事が」

「そうなのか⁉　弟さんは病気か？」

「ああ。ちょっと心臓が弱くてね。弟が倒れた時も、香月の危機を教えてくれた時と同じようにクラウスが教えてくれた」

そういう前例があったから黒須はクラウスに引っ張られるまま、長距離を走りきったらしい。

変だなと思っていた疑問が氷解してゆく。

「待てよ、じゃあ、たくみくんは？　誰の子なんだ？　弟さんの事をパパって呼んでたぞ」

「そりゃあ、弟の子だからな」

混乱している水葵が面白いのか、にやにやしながら黒須は外科の処置室に入ってゆく。あちこちを血で汚した若先生の登場に、その場は一時騒然となった。適当に端折《はしょ》って説明して、傷の処置を受ける黒須を水葵はじりじりしながら待つ。ようやく処置を終えて部屋を出ると、水葵は早速話を再開した。

「たくみくんは何で黒須をダディって呼んでるんだ？」

「俺の名はダディだと思っているからだ。そう呼べと教え込んだからな。おかげでたくみを連れていると変に声を掛けられなくていい。弟には怒られたが、たくみはまだダディがパパと同じ意味だと知らないし、入院の間中預かるんだ、それくらいいいだろう？」

なんという事をしてくれるんだろう、この男は。

「ふざけんなよ！　あんたのくだらない細工のせいで、俺がどんだけ悩んだと思ってんだ！」

奥さんはどうしているんだろうとか、匠から完璧な父親を奪っては駄目だとか。色々と考えていた自分が馬鹿みたいだ。

「なんだ、非実在の妻に嫉妬でもしていたか？」

「俺が肉体に戻れなかったの、あんたの悪ふざけのせいかも」

黒須の口元から笑みが消えた。

「どういう、意味だ……？」

「うるさい、こんなところでする話じゃない。行くぞ」

さっさと行こうとしたら、手首を摑《つか》まれた。

「結婚は、していない」

黒須が立ち止まり、振り返る。その瞳には熱っぽい色が浮いていた。

「つきあっている奴もいない」

「……あんたの父親は、あんたを早く結婚させたいようだったけど？」

「誰があんな奴の言う事なんか聞くものか」

水葵はそっけなく目を逸らす。

「あっそ。そら、行くぞ」

軽く足を蹴ってやると、黒須は再び歩き出した。水葵もついてゆく。

そうか。なんだ、結婚してないし、恋人もいないのか。

頭に来ていたはずなのに気がつくと頬が緩んでいて、水葵は勢いよく両頬を叩いて気を引き締めた。

検査のために訪れた部屋には佐渡がいた。佐渡を見た途端、黒須がいやそうな顔をする。

「あれ、香月さん⁉ えーと、もういいんですか？」

「ああ、犯人が捕まったり——色々あったから」

部屋にいるのは佐渡だけではない。曖昧にぼかして愛想笑いをすると、黒須が割って入った。

「悪いが時間がない。最優先でこいつの検査を頼みたい」

「はい、項目は——」

「あ、じゃあ俺、採血しますね」

てきぱきと水葵をさらって丸椅子に座らせると、佐渡は器具の載ったワゴンを引き寄せた。黒須は何か言いたそうな顔をしたものの止めるまではしない。採血のため水葵の腕にゴム管を巻きながら、佐渡が声を潜め確認する。

「無事解決？」

「そうみたいだ」

「おめでとうございます。早く戻ってくれてよかったです。君がいるって知ってから、若先生すごく怖かったし」

「怖かった？　どうして」

佐渡の口元がこらえられない笑みに歪んだ。

「──そういえば、おねーさま方に聞いたんですけど、若先生は独身だそうですよ」

強引な話の転換に、水葵はああ？　と不満そうな相槌《あいづち》を打った。黒須は少し離れた場所で看護師に何事かパソコンで入力させる傍ら、予定にない検査をねじこむためだろう、あちこちに電話を掛けている。

「若くていい男で将来有望、しかも独身って事で、そりゃあ熾烈《しれつ》な争奪戦が、若先生が医学生の頃から水面下で繰り広げられてたんですけど、肝心の若先生が誰に対しても鼻もひっかけないんですって。俺も何でだろうと思ってたんですけど、以前、懇親会で酔った若先生がぽろっと言ったらしい」

白衣を纏い仕事をする黒須は、何度見ても見飽きない。水葵は佐渡の話に耳を傾けつつ、医師らしい理知的な姿を眺めていた。

「何て」

「初恋の人が忘れられないんだって」

「初恋の人……？」

反応の鈍い水葵に、佐渡はやっきになる。

「なに他人事《ひとごと》みたいな顔してるんですか。香月さんの事ですよね、これ」

「俺……？」

「俺とは会話だってできるのに若先生には見えもしないものだから、牽制《けんせい》されて大変だったんですよ」

「あいつが、牽制……？」

水葵には信じられなかった。そんな余裕のない振る舞い、黒須には似合わない。

「香月、こっちだ」

でも、手配が終わったのだろう、水葵を呼んだ黒須の、佐渡を見る目はやっぱりいやそうで。

「ん」

胸の奥が、むずむずする。

くすぐったくて、苦しくて、泣きたいような気分に襲われる。

期待なんかしたら、痛い思いをするばかりだと思っていた。

でも、信じてもいいのだろうか。黒須は本当に自分を想ってくれているのだと。

手早く検査を終えた後は、警察の聴取に応じた。

井出川は逮捕された。散々に殴られてはいたけれど、黒須の正当防衛が認められそうだった。

井出川は家政婦にナイフを突きつけて押し入った挙げ句、黒須に切りつけていたからだ。

加えて水葵自身が井出川に殺されかけたと証言した。今まで姿を晦《くら》ませていたのは再び襲われるのが怖くて旧友の黒須に匿ってもらっていたからだとさらっと嘘をつくと、黒須は眠っていたはずの水葵が完璧に口裏を合わせた事に目を瞠《みは》った。傍にいたと聞いてはいたけれど、どこかで信じきれていなかったのかもしれない。

警察は水葵の言った事を信じたようだった。

母は出張中だったので、電話で無事を報告した。なぜ連絡一つ寄越さなかったのかと怒られたけれど、これについては返す言葉がない。

面会時間が終わるぎりぎりに匠を迎えに行って帰宅する。その夜は当然のように黒須の家に泊まる運びとなった。

服だ。

「あー、気持ちよかったー」

久々に風呂を堪能して脱衣室を出た水葵は己の軀を見下ろして、にんまりと笑んだ。脱衣室に用意されていたのは、こなれた感のあるTシャツとスウェットだった。黒須が普段着ている服だ。

黒須は長身で体格がいいが、水葵だって決して貧弱な体格ではない。その辺の男には負けない身長もある。それでもTシャツもスウェットも大きくて、ナチュラルなコットンが膚の上を滑る感触が、愛撫《あいぶ》のように感じられた。黒須の服だと思うともうそれだけで心が騒ぐ。

寝室に入ると、黒須が酒を飲んでいた。大きな氷が入ったグラスに琥珀《こはく》色の液体が揺れている。先に匠と一緒に風呂に入った黒須は、寝間着代わりのスウェットの上にバスローブをひっかけていた。腰の紐《ひも》を結んでいないので逞しい胸から腹までのラインがよく見える。

「悪かったな、たくみの身支度を手伝わせて」

夕食の片づけを済ませたところで家政婦は帰宅していた。黒須が風呂に入れた匠を、水葵が脱衣室でバスタオルを広げて出迎え、パジャマを着せて髪を乾かしたのだ。

「いいさ。たくみくん、可愛いし。もちもちほっぺたつつかせてもらったし」

「人見知りする子なのに、香月にすっかり懐いていたな」

真剣に見つめられ、水葵は肩を竦める。

「……おまえがずっと家にいたっていうのは本当なんだな……？」

「まあ、そうだな」

「俺以外の奴には見えていたのか？」

チェストの上の盆からボトルを取ると、水葵は自分で水割りを作った。

「まさか。佐渡とたくみくんと井出川だけだ」

「佐渡とどんな話をした」

「どんなって、黒須が馬鹿やりかねないから止めろってケツ蹴ってただけ。つーか、黒須！

復讐なんてやめろって言ったのに無視すんな」

「ああ、佐渡がそんな事を言っていたな」

「違う。夢の中で直接言っただろ。まさか覚えてないのか？」

目覚めと同時に見た夢を忘れてしまうのはよくある事だ。それならば仕方がないと思ったのだけれど、黒須は愕然とした顔をした。

「……あれ、ただの夢じゃなかったのか……？」

「へえ。じゃ、俺の事、何度も抱いたのも夢だって思ってた？」

死にそうな呻《うめ》き声があがり、水葵は笑い出す。一口しか呑んでいないグラスを置くと、水葵は黒須の膝を跨ごうとするかのように片方の膝だけベッドに乗せた。大きすぎるTシャツの裾を広げてみせる。

「これ、あんたの服だよな。眠っている間は入院着みたいの着せてたのになんでわざわざサイズの合ってないのを出してきたんだ？」

水葵の腰を、黒須が抱いた。

「……見てみたかったからだ。俺の服を着ているおまえを」

「うわ、やらし」

「からかうな。——ずっと見ていたんなら、知っているんだろう？　俺の気持ちを」

初めてこの家に来た時のように、水葵は黒須の頰に掌《てのひら》を添わせる。

「知らない。ちゃんと教えろよ」

肉色の舌が閃き、唇を湿した。水葵は透明なレンズの向こう側で夜の海のように静謐《せいひつ》な色をたたえた瞳を見つめる。

「——好きだ」

黒須の低い声は水葵の耳にとてつもなく甘く響いた。

「高校を卒業してからも、おまえの事だけ想ってきた。おまえを傷つけ引き裂いたあの夜の記憶を夜毎反芻《よごとはんすう》して、もう一度この手で——抱きたい、と——」

水葵は重心を前に傾け、黒須の頭を柔らかく抱いた。

「でも黒須、俺の事、無視してたのに」

「それは……」

「幻滅したんだろ？　なんていやらしい奴なんだろうって」

「そんな事はない。確かに最初はショックだった。好きで好きでしょうがなくて、でも男同士だからと必死に我慢していた相手が、とっくに同性とのセックスを経験していたばかりか恐ろしく淫乱に仕込まれていたんだからな」

……どこから突っ込めばいいんだろう。

「あんた、昔から俺が好きだったのか？」

「ああ」

「うっそ」

友達としか思われていないと思っていた。不埒《ふらち》な思いを抱いているのは己だけなのだと。

「嘘なんかつくか。他の連中は俺を怖がるかおもねるか喧嘩《けんか》売ってくるかのどれかだったのに、おまえは普通に話し掛けてくれただろう？　成績こそ悪いが真面目で、母親思いで可愛くて、照れくさくなるくらい俺に懐いてくれた。好きになるなと言われても無理だ。正直、あの頃の俺はおまえをどうにかしてやりたいって事ばかり考えていた」

水葵はやけに熱い顔を仰向けた。多分、今、自分の顔は茹《ゆ》で蛸《だこ》のように真っ赤になっている。

「そんなの……嘘だ……」

「無視したのは、おまえを守るためだ。あの後すぐ、俺は父の元へ乗り込んで直談判した。香月にもう手を出すなってな。俺が香月に近づかない事を条件にあいつは応じた。学校には病院関係者の子弟も多かったから、危ない橋は渡れなかった。まあ、そんな条件などつけられなくとも、あの時の俺にはおまえの顔を真っ向から見る事さえできなかったけどな」

「どうして」

黒須の顔が苦渋に歪む。

「あいつがおまえに手を出したのは、俺のせいだからだ。俺が香月に惚《ほ》れてるのは、父の目には明白だったらしい。だから香月に手を出したんだ。変な虫を早々に叩き潰すつもりで。本当はおまえに好きだなんて言う資格は俺にはない。俺が好きになりさえしなければ、おまえは綺麗なままでいられたんだからな」

そういう、事だったのか。

水葵と同じように黒須も罪悪感に苦しめられていた。好きになってはいけないのだと頑《かたく》なに己に言い聞かせて、本当は想い合っていたのに、声も聞けないまま、十年も。

「でも、俺にちょっかいを出したのが院長だってどうしてわかったんだ?」

硬い髪に顔を埋め、囁くような声で尋ねてみる。

「香月が眠っている間に着歴やメールを検めた」

「⁉　おまっ、勝手に何してくれてんだ⁉」

「おまえが誰と寝てたのか、どうしても知りたかった」

黒須が喋るたびに胸元に熱い吐息が触れてくすぐったい。水葵は腕を緩めると、黒須の膝に跨がった。

「あのな。黒須が俺を何とも思ってなかったとしても、院長は同じ事をしたと思うぞ」

「なぜだ」

「俺があんたに惚れてるから」

黒須同様、水葵の気持ちも老獪《ろうかい》な男には筒抜けだった。息子に少しでも瑕疵《かし》を与える可能性のある存在をあの男は許さない。自分にそっくりな息子に、自分自身を投影しているのだろう。もう一度人生をやりなおすような気分で、黒須に自分が思う通りの人生を歩ませようとしている。

あの男は嫌いだけれど、取った行動は理解できなくもなかった。水葵の恋心は黒須の将来に傷をつけてしまいかねない。

でも、黒須はそんな事、考えもしないようだった。

「本当か？　本当に俺に惚れているのか？　あんな事を俺はしたのに」

「喜ぶなよ。……俺さえいなければ、あんたたちは絵に描いたような幸せな家族でいられたんだぞ」

力なく笑う水葵に、黒須は重々しく首を振った。

「いいや。遅かれ早かれ、うちは崩壊していた。父が約束を守るか不安だったから、機械音痴なのをいい事にスマホにこっそり追跡アプリを入れて監視したんだ。おかげで色々余罪がある事までわかって、目が覚めたよ。俺の父親は糞《くそ》野郎だったんだってね」

シャツの裾から、あの頃より大きくあたたかい掌が入ってくる。素肌に触れられるくすぐったさに、水葵は身をよじった。

今度こそ、夢じゃない。何もかもが、リアルだ。

「好きだ、香月。もう我慢できない」

「……あ」

視界が回る。軀が反転し、気がついた時には背中が洗濯したての清潔なシーツに接していた。

「おまえを俺のものにしたい——俺だけのものに」

ぞくぞくっと背筋に震えが走った。黒須の目に、あの光が宿っていた。——飢えた獣のような。

ずっと信じ込んでいた。黒須に嫌われてしまったのだと。誰といても黒須がいない淋しさは埋められなくて、水葵は孤独をかこっていた。

だからだろうか、まだ夢みたいな気がしてる。本当はこれ全部、己の願望から生まれた都合のいい幻なのではないかと。

——だから、ちゃんと実感させて欲しい。思わず竦んでしまうほど獰猛なまなざしで、鼓膜を震わせる艶やかな声音で、汗ばんだ肌の感触で、体奥を暴かれる痛みで。

「い、いいけど、お手柔らかに。俺、あの時の一回しか経験ないから夢の中みたいにがっつかれたら壊れるかも」

黒須が固まった。

「黒須？」

「待て。一回だけって、どういう事だ？　おまえ、あのバカ親父に散々玩具《おもちゃ》にされてきたんじゃなかったのか？　それに、ゲイバーで売りをしていたって話は……？」

水葵はふかふかの枕を引き寄せ寄り掛かった。どうやら黒須は、水葵はとうに院長の愛人になっており、愛欲の限りを尽くされ済みだと思っていたらしい。

「院長には黒須としたあの日に初めて襲われたんだ。それも最後まではいたされていない」

「……何？」

「金になるバイトをしないかって持ち掛けられたんだ。のこのこついていったら、クスリ打たれた。でも、いざ参るっていう時に院長の弟さんが助けてくれた」

「叔父さんが？」

あの薔薇の咲き乱れる母屋を相続したという院長の弟は、まだ若く黒須似の見栄えのいい男だったけれど、兄との間に相当な確執があるようだった。邪魔をされて怒り狂う院長を冷ややかに嘲りながら拘束をほどき、剝き出しの肩に制服のシャツを掛けてくれた。

あられもない姿を見られた水葵は恥ずかしさで死にそうだった。

院長の弟は脱がされた制服を回収し、離れから出ると、母屋のバスルームを貸そうかとか送ってやろうかとか気を遣ってくれたけれど、親切な事を言われれば言われるほど消え入りたくなってしまって、水葵は逃げるようにタクシーに飛び乗った。

「じゃあ、あんなによがってたのは慣れてたからじゃなくて、クスリのせい……？」

「そ。——そうでなければ、相手があんただったからかも」

ずっと恋いこがれていた相手だったから。

黒須の頭がぼすんと音を立てて枕の余ったスペースに埋まった。苦渋に満ちた呻き声が漏れる。

「すまない……俺、すっかり誤解して……」

「いーよいーよ。ビッチぶった俺も悪い。あの時は俺、あんたから離れるのが正しいと思っていたんだ」

黒須が不安そうに目を上げる。

「あの時は？　今はどう思っているんだ？」

水葵は黒須の背中を撫でた。

「俺なんかとつきあうより普通に女と結婚して子供作った方があんたにとっていいんだろうと今でも思ってるよ。でも十年も経つのにまだ初恋の人が忘れられないなんて言うようなしつこい奴が更生できるとは思えない。それに、大人になったらわかってしまったんだよな。その気になれば人生なんて、何とでもなるんだって」

大人になったらきちんと会社勤めをしなければならないのだと思っていた。ドロップアウトしたらもう終わりだと。でも、まさにそうなってしまった水葵は今もそれなりに生きていけている。

顎を浮かせるようにして、鼻先に鼻先をぶつけてやる。

「それに、俺もあんたでなきゃダメっぽいし、ここまで言われたら我慢できない……」

黒須は少し目を潤ませると、軽く水葵の唇を吸った。

初々しい触れ合いの心地よさに、水葵は目を細める。

「当然の事ながら売りもしてない。犯罪に関わる事とセックスはなしって条件にしてたし」

「軀を売ってないなら、一体何を売っていたんだ？」

「んー、よろずご要望にお応えしますって感じ？　酒の相手をしたりとか、相談事に乗ったり
とか。要は、何でも屋だな」

「そんなんで商売になるのか？」

「セックスの悩みとか恋人のＤＶとか、人に言えない問題を抱えてる人って意外と多いんだ
ぜ？　単純にデートして欲しいって人もいたし、こっちの世界に不慣れな初心者に遊び方のこ
つをレクチャーした事もある。一切宣伝なんかしなかったけど、リピ客と紹介された客だけで
スケジュールが埋まるくらいには繁盛してたぞ」

誰にも言えずにいた愚痴を吐き出しながら、ぽろぽろ涙を流していた人がいた。

気が休まるのはあんたといる時だけだと、疲れた顔で笑った人もいる。

仕事だから、水葵は客が不快になるような事を言わない。絶対に秘密は守るし、どんな些細《ささい》な事でも真摯に耳を傾ける。たったそれだけのものをお金を払っても欲しがる人は多い。

「お金を取るような事してるわけじゃないんだけど、時々井出川みたいに勘違いする奴もいるから、線引きするために金を取る事にしたんだ。まさかこれで食ってく事になるとは思ってなかったけどな」

並んでベッドに横たわったまま、黒須が水葵の片手を取った。引き寄せて、指先にくちづける。

「じゃあ、おまえはずっと俺だけのものだった……?」

「ん。そうだ。あんただけ」

よっこらしょと、上半身を起こしてこめかみにキスしてやれば、抱き締められた。きつく、きつく、もう離さないとばかりに。

「おい、こら……苦しいって……」

「暴れるな。いいからもっと堪能させろ」

「何を堪能するっていうんだよ」

「おまえに決まってる」

首筋に埋められた鼻がすんと音を立てる。

水葵はもぞもぞと落ち着きのいい姿勢を探すと、軀の力を抜いた。

黒須の体温を感じる。抱きすくめる腕の力は強い。長い長い夢は終わった。ようやく止まっていた時が動き出そうとしている。

黒須の手が不穏な動きを開始する。背中の稜線《りょうせん》を辿《たど》り、厚みのない腰を撫で下ろし、尻のまろみを愛でて――。

「んっ」

割れ目に沿っておりてきた指に蕾《つぼみ》を探られ、水葵は身震いした。

「――怖いか？」

水葵はゆるゆると首を振る。

「いや。ちょっと緊張してるだけ」

黒須が痛々しそうに目を細めた。

「できるだけ、優しくする」

静かな室内に衣擦れの音が響く。

多分、黒須は初めてセックスした時のことを思い出している。慣れているのだと思い込んでいた事もあり黒須は怒りにまかせて水葵を抱いた。優しかったとはとても言えない抱き方だった。それでも水葵にとっては大切な思い出だ。

でも、優しくされたなら、きっともっと幸せな気分が味わえるに違いない。

黒須がバスローブを鬱陶しそうに脱ぎ落とす。現れた上半身にはほどよく筋肉がついていた。

なんて綺麗な男なんだろうと水葵は思う。相変わらず水葵の目には、黒須の全てが眩《まぶ》しい。

一旦ベッドから下りると、黒須はチェストから何かを持ってきた。仰け反るようにして何を持ってきたのか見た水葵の目つきが剣呑《けんのん》に変わる。

「……何でそんなものがあるんだよ」

ベッドヘッドに置かれたのは、ゴムと潤滑液のボトルだった。他の奴と使った残りだろうか。でも、黒須は悪びれもしない。

「ああ、これはおまえと使うために買っておいたんだ。目が覚めたら、何が何でも口説き落とすつもりだったし、もし落とされてくれないようなら軀で説得するつもりだったからな」

「――――おいい！」

シーツの上に押し倒される。

「悪いが、もうおまえを逃がす気はないんだ」

黒須が示す束縛は、水葵にとって愛撫に等しかった。

「……ばか」

「ん」

スウェットを下着ごとするりと引き下ろし、黒須が尻の膨らみにキスする。骨盤の片方だけ持ち上げられ、俯《うつぶ》せていた軀が浮いた。

「あ……」

無防備に晒《さら》された性器が黒須の大きな掌の中に捕まってしまう。上下に擦《こす》られ、水葵は軀を硬くした。

気持ちいい。

黒須が口で器用にフィルムを剝がしボトルの蓋を開ける。直接とろりと垂らされた冷たい粘液に、水葵はふるりと軀を震わせた。

「ひや……っ、あ、あ……っ」

にゅくにゅくとよく滑って、快感が倍増する。多すぎて尻まで伝い落ちた潤滑液をもう一方の指で拭うと、黒須は後ろの入り口に塗りつけた。

「あ、ちょ……、や……っ」

指の腹で蕾を揉《も》むように塗り広げられ、腰が揺れる。サイズの大きなTシャツは着たまま、秘すべき場所だけを晒した格好が恥ずかしい。

もう一回ボトルが傾けられ、水葵の足の間は潤滑液まみれになった。

「入れるぞ」

鳥肌が立つような囁きに続いて、ぬく、と指が中に入ってくる。

「ん……っ」

生々しい指の感触に水葵は喘《あえ》いだ。夢の中とは全然違ういやな異物感に軀が竦む。でも、逆にそのおかげで本当に黒須に抱かれようとしているのだと実感できた。

「あ、い……っ」

早く。

いやがってきゅうきゅう締まる肉の感触に、たまらなくなってしまったのだろう、黒須が性急に指を増やす。

「ん……っ」

苦しい。

力のこもった爪先がシーツを掻き、波のような皺《しわ》を作る。はっ、はっ、という息づかいが我ながら余裕ない。

水葵は潤んだ目で黒須を見つめた。

もっと痛くてもいい。早く黒須のものになりたい。

ふと水葵の顔を見た黒須が、顔を歪めた。

「そんな物欲しそうな顔して誘うな。どうなっても知らないぞ」

ずぷんと指が抜かれて、直接潤滑液が中に注ぎ込まれる。それから黒須の太く男らしい指を三本ねじ込まれた。

「待……っ、きつ……っ」

根本まで一気に突き入れられ腰が震える。痛いのに、萎えるどころか充血した屹立《きつりつ》の先からとぷりと淫液が溢《あふ》れ、幹を伝い落ちた。

ああ、ヤバい。滅茶苦茶キてる。

先刻までと違い、じゅぷじゅぷと派手な水音が上がった。乱暴に中を掻き回され、水葵は震える腕を伸ばした。

「も、い……っ。はや、く……っ」

あんたが欲しい。

でも、黒須は憎らしいほど冷静だった。

「駄目だ。まだ慣らしが足りない」

「いい！　も、いいから、入れろ……っ、でないと、でる……っ」

指が抜かれた。

「出る、か」

ヤってくれるのかと思ったのだけれど、違った。肩を押され、横向きだった軀を仰向かされる。腰の下に枕が挟み込まれ、足にまとわりついていた下着とスウェットが毟り取られた。好きなだけ開くようになった足の間に、黒須が割り入る。

「ちょ、やめ……っ」

膝裏が押され、シーリングライトの光に局部が全てさらけ出された。たっぷりと濡《ぬ》らされたそこは、太腿《ふともも》のつけ根から後ろまで、全部てらてらと光っている。

「いいぞ。出せ」

艶めいた笑みに、かあっと頭に血が上った。

「て、め……っ」

こんな格好、いやだ。

多分、本来の水葵なら黒須をベッドから蹴り落とせただろう。でも、この一週間あまり眠り続けた水葵は筋力が落ちていた。黒須の魔手から逃れられない。

視姦《しかん》されながら前をしごかれる。

「ふ、う……ん……っ」

快感に歪む顔も、欲望も露わに勃ちあがったペニスの先から漏れる蜜も、愛撫から逃れようと弱々しくもがくさまも、すべてが黒須の目に晒されている。

高みから見下ろしている黒須の、肉食獣めいた眼差しに水葵は狂わされた。

「あ……あ……あ、だめ、だっ、て。も、で……」

びくびくと太腿の筋肉が震える。終わりが近いと知った黒須が、再び指を挿入し、腹の裏側を押した。

「イけ」

「……っ！」

ひとたまりもなかった。いきなり弾けた強烈な快感に背中を押されるまま、水葵は精を放った。

黒須はずっと見ていた。

水葵が声もなく唇を震わせるさまも、己の腹や胸に白濁をまき散らすさまも、全部。

「はあ……っ、はあ……っ」

ぐったりとして荒い息をつく水葵の中から指が出て行く。代わりにゴムを纏ったもっと熱くもっと太いモノが緩んだ蕾に押し当てられ、水葵はのろのろと目を上げた。

「あ……」

弛緩《しかん》した軀が、黒須の雄で串刺しにされる。達したばかりで敏感な粘膜をみちみちと押し開かれ、水葵はシーツを握り締め喘いだ。

なに、これ。さっきまでくるしいばかりだったのに。

黒須の指をくわえこんだまま絶頂に達したせいで、堅く閉ざされていた扉が砕けたらしい。痛みは確かにあるけれど、それだけではなくなっていた。黒須を呑み込んだ場所に甘い疼《うず》きが脈打っている。

「……かヤロ……。俺、イったばかり、なのに……っ」

「悪い。おまえが唇震わせて感じているの見たら、我慢できなくなった」

腰が引かれる。ずるりと長大なモノが水葵の中から引き出されてゆく。

「ふわ……」

みっちりと肉襞《にくひだ》に密着したモノに擦り上げられる感覚に力が抜けた。とろんと蕩《とろ》けた目を細めた水葵に口角を上げつつ鎌首まで引き抜くと、黒須は奥の奥まで突き上げた。

「んん……っ」

きゅうんと中が締まる。苦しいのに腰が甘く蕩けた。

「大丈夫か?」

「大丈夫なわけ、あるか……ん……っ」

うまく言葉も紡げない水葵の中を、黒須の剛直が容赦なく穿《うが》つ。そのたびになんとも形容詞しがたい痺《しび》れが走り、水葵は上擦った声を上げた。

「ん……すごい……。おまえの中、すごくイイ……」

無意識に伸ばした指に触れた黒須の膚は、汗にしっとりと濡れていた。

「夢じゃない、本物の香月だ……」

噛みしめるような呟きに、水葵は涙に濡れた目を見開く。黒須も同じ事を考えていたのだろうか?

「そうだ、夢なんかじゃない」

夢の中での交合は気持ちいいばかりで、どこかふわふわとしていて頼りなかった。幽霊でいた時の水葵は傍観者でしかなく、いつも欲求不満を抱えていた。

直接黒須に触れたい。ちゃんと自分を見て欲しいし、言葉を交わしたい。

もどかしくて地団駄踏みたいくらいだったのに、今水葵は欲しかったもの全部を手にしてい

る。

「本当の本当に、俺はあんたのもんだ……」

黒須のにおいや薄く生え始めた髭《ひげ》でざらついた顎の感触、身じろぐたびにぬめる膚の感触がたまらなく愛おしい。

「どうしよ、今、俺、すごく、しあわせかも」

痛みが遠のいてゆく。目を伏せると、軀の中に埋め込まれた熱く硬い雄がより生々しく感じられた。

目の奥が熱い。

狭隘《きょうあい》な肉筒を擦り上げられる度に、わけがわからなくなりそうな痺れが全身を貫く。

これは、快感だ。

夢の中で感じたのよりずっと動物的で、荒々しい。

「くそ……っ、なんて顔するんだ……っ」

いきなりがつんと奥まで突かれ、水葵は息を呑んだ。

快感が脳天まで突き抜ける。

「ん、やっ、そこ……っ、んな、乱、暴にっ、され、たら——っ」

白い喉を晒し、水葵は反り返った。

ひくんと痙攣《けいれん》した肉が黒須を食い締める。

屹立からまた白濁が飛ぶ。過ぎる喜悦に恍惚とした目は焦点を結んでいない。休む間もなくまた穿たれ、水葵は情けない悲鳴を上げた。水葵自身よく理解していなかった悦の起点をきっちり狙って責めてくるところがまた意地が悪い。

ぐりぐりと中をくじられ、眦《めじり》から涙がこぼれる。

「ば、ちょ、イく、また、イく……あ……っ」

気持ちよかった。

腰に力が入らない。軀がばらばらになってしまいそう。

優しくすると言ったくせに、とんでもない。長年の飢えを癒すつもりか、がつがつと貪られ、水葵は弱々しくもがいた。

ゴムをしてくれたのは最初だけ、二度目からナマで入れられて何度も精を注がれる。執拗《しつよう》な行為は、まるで水葵の軀の内側まで己で満たしたいかのようだ。

「可愛い……すごく可愛い、香月……」

譫言《うわごと》のように囁かれ、水葵は抗議する。

「……かやろ、ふざけんな……」

大の男に可愛いとかゆーな。ちょっと嬉しくなくもないけど、そーゆーのは女子供に言う言葉だろ。

——と言いたかったけれど、黒須のぎらぎらした目を見てしまったら、駄目だった。擦られすぎて鈍ってきていた中がじいんと疼き、きゅうっと黒須を締めつける。

「あ……」

小さく口を開いて喘いだ水葵に、黒須が獰猛に目を細めた。

「……可愛い」

明け方までたっぷりと時間を掛け、水葵は骨まで残さず嚙み砕かれた。

＋　＋　＋

次に目が覚めた時にはもう、昼を過ぎていた。真昼の明るい光に満ちた部屋の中、水葵はぼんやりと辺りを見回す。そうしたらベッドの下からひょこりと匠が顔を覗かせた。どうやらクラウスと一緒に床に座り込んで、絵本を読んでいたらしい。

水葵が寝ている間に動物病院から引き取られてきたのだろうクラウスは、傷を舐めないように大きなアンテナのようなエリマキ《エリザベスカラー》をつけさせられ、消沈していた。

「おあよ？」

両手でシーツを摑み、挨拶する匠の頭を、水葵は撫でる。

「おはよう。黒須――ダディは？」

いがらっぽい喉から出てきた声は掠《かす》れていた。

「おしごと」

「え、まさかいつも通りに出勤したのか？」

匠がこっくりと頷《うなず》く。

「ん」

「マジかよ……」

ほとんど寝ていないはずなのに、恐ろしい体力である。水葵が寝ている間に後始末もしてくれたらしい。水葵は覚えのない新しい下着と清潔なスウェットを身につけていた。

もそもそと起き出して、キッチンにいた前田にも挨拶する。遅い朝食を詰め込むと、水葵は散歩に行くという前田と匠、クラウスにつきあって外に出た。

あちこちが筋肉痛でぎしぎしいっているが、久しぶりに生身の軀で歩く外は気持ちいい。

前田と会話しながらベーカリーや豆腐屋を回る。もう亡くなられているのかと思っていた匠の母親は健康なキャリアウーマンで、現在は長期の海外出張中らしい。そんな中、父親が倒れ、普段から親しく行き来していた黒須が匠を預かる事になったのだという。とはいえ黒須にはいつ呼び出しが来るかわからない仕事がある。匠を預かっている期間だけは、いつでも黒須の家に駆けつけてもらえるよう、以前から弟宅で家政婦兼ベビーシッターとして働いていた前田に頼んであったらしい。道理でどんな時にも前田が即座にフォローしてくれたわけである。

「黒須ってお父さんと仲悪いんですか？」

「そんな事ございませんよ。ちゃんと人前では取り繕っていらっしゃいます」

つまり、悪いらしい。

「一応上司なんですよね？　大丈夫、なんですか……？」

「問題ありません。あの方が院長の座についていられるのもそう長くはありませんから」

「そうなんだ⁉」

「婿養子なのに、勝手な事ばかりされていましたからね。皆様、若先生がいらしてからその方向で準備を進めていらっしゃいます」

そう語る前田には何とも言えない迫力があった。院長はこの女性の怒りをも買った事があるらしい。

クラウスのリードを手に、おとなしく歩いていた匠が遠慮がちに、でも期待に満ちたまなざしを前田に向ける。

「ね、ぱぱのとこ、ゆく？」

「残念だけど、今日はクラウスを連れてるから……」

院内に連れて行くわけにも、外に適当に繋いでおくわけにもいかないのだろう。しょんぼりしてしまった匠を見かねて水葵は悪戯《いたずら》っぽい笑みを浮かべた。

「ああ、じゃあ俺がクラウスと一緒に外で待ってますよ。ちょうど座って休憩したいところでしたし」

たちまち笑顔になった匠に足に抱きつかれ、笑い声が上がる。

一通り買い物を済ませた帰り道に病院に寄った。徒歩五分は本当に便利だ。

病院の前のロータリーまで来たところで、匠が走り出した。

「いっくん！」

正面の広い自動ドアから、看護師に押され出てきた車椅子を見た水葵は目を擦る。

「前田さん、あの子……、たくみくんのお友達、ですか……？」

「ええ、とっても仲良しさんなのよ。でも、風邪をこじらせて、ちょっと大変な事になっちゃって」

「へ……へえぇ……」

車椅子に座っているのは、金髪の病院の幽霊だった。水葵に気がついたのだろう、きょとんとしている。

「こんにちは」

水葵は車椅子に寄り添う若い母親に会釈した。

「こんにちは、おにいちゃん！」

子供は幽霊だった時と同じく物怖じせず、元気いっぱいだ。

「退院、するのかな？」

「うんっ」

「そっか。よかったね」

「おにいちゃんも。いとがきれなくて、よかったね」

「いと……？」

横で聞いていた匠の頭がこてんと斜めに傾ぐ。ジーンズの裾を引っ張られてしゃがみこむと、いっくんは内緒話でもするかのように、水葵の耳元に顔を寄せた。

「いっくんね、まだようちえんにいっちゃだめなんだって。おにーちゃんとこにまたあそびにいって、い？」

「え……？　いいけど……？」

どうして幼稚園へは行けないのに、水葵のところへは遊びに来れるのだろう。まさかまた霊魂だけで遊びに来るつもりだろうか。

「たくみも！　たくみもあそびにゆくっ」

仲間外れにされたと思ったのか、頬を膨らませた匠にいっくんは困ったような、やけに大人びた微笑を向けた。

「ままがいいってゆったらね」

タクシーに乗り込み、可愛い幽霊は母親と二人で帰って行った。水葵は買ったものを預かりパパに会いに行く匠と前田を見送るとベンチに腰を下ろした。寝不足なせいか寝たきりの間に体力が落ちたせいか、へばりそうなくらい疲れている。

「しかし、ちょうど退院に行き当たるなんてすごい偶然だな」

天気がいいせいか、少し暑かった。クラウスのためにミネラルウォーターでも買ってこようかと思ったところで、頬に冷たいペットボトルが押し当てられる。

「わ……」

「随分とくたびれた顔をしてるな。どうした、俺に会いに来たのか？」

振り向くとベンチの後ろに白衣を着た黒須が立っていて、水葵は仰天した。

「えっ、何でいるんだ？　前田さんに聞いたのか？」

「いや。なんとなく。おまえに引き寄せられたのかな」

「スーパーナチュラル系はもうお腹いっぱいなんだけど」

病院まで来るのだから会いたいとは思っていた。そんな事ができるわけがないとも思っていたけれど。

「ああそうだ、朝は爆睡していたから話せなかったが、おまえ、このままウチに引っ越してこないか？」

水葵はペットボトルのキャップをひねると、掌に出してクラウスに与えた。

「それはまた、気が早い話だな」

「だが、俺の仕事が不定期すぎて、同居でもしてなきゃ会いにくい」

「確かに……」

黒須が更に身を屈め、耳元で囁く。

「それに今は、毎晩でも抱きたい」

「ばっか、夜は普通に寝ろよ」

黒須の白衣の裾が緩やかな風に揺れる。

「いやか?」

眼鏡の奥の瞳はじっと水葵を見つめていた。恋情と表現するには苛烈な色に、水葵はぞくぞくするような喜悦を覚える。

「いやじゃないから困るんだろ」

頭上には抜けるような青空が広がっていた。

まだ腰が痛いのに、昨夜喉が痛くなるまで泣いたばかりなのに、飢えが蘇ってしまい、水葵は目を伏せる。

——欲しい。

きっと十年分抱かれない事にはこの飢えは癒えない。

寝ろよと言いつつまた抱かれてしまう夜が容易に想像できてしまい、水葵は片手で赤くなった顔を覆った。

あとがき

こんにちは、成瀬《なるせ》かのです。


今回はちょっと不思議系のお話。

まず幽霊を題材にしよう！　と思いついて、そこからお話を広げてゆきました。

とはいえ、私が実録系の怖い話が苦手な人なので（ゾンビ映画とかスプラッタ映画とかなら好きなくらいなのですが）、ゆるふわであんまりそっち方向のリアルさはないです。

一応苦悩しつつも、ちゃっかり幽霊であることを満喫したりする水葵《みずき》を書くのは楽しかったです。

プロットの時点では大筋は同じだけれど遙かにピンクコメディっぽいバージョンも考えていたのですが、比較的落ち着いた内容のこちらになりました。幽霊なんて覗き放題、触り放題だと思うのですが、とにかく黒須《くろす》がエロすぎて、水葵は翻弄されっぱなしです……あれおかしいな、なんでだろう？


タイトルは一度やってみたかったラノベっぽいのにしていただきました。

ストレートでわかりやすくて気に入ってます。タイトルは本文以上に苦戦することが多いのですが、さらっと最初に思いついたのに、さらっと決まりました。いつもこんな風にあって欲しいものです。

挿し絵のｙｏｃｏ先生と本を出すのは二度目。また描いていただけて嬉しいです！　水葵は可愛く、黒須はかっこよく描いていただけて幸せ……と熱い溜息ついています。

この本を出していただくにあたって、関わったすべての方に感謝を。そして何より、この本を買ってくださって、ありがとうございます！　また次のお話でお会いできることを祈りつつ。

http://karen.saiin.net/~shocola/dd/dd.html　成瀬かの

この本を読んでのご意見、ご感想を編集部までお寄せください。
《あて先》〒105-8055　東京都港区芝大門2-2-1　徳間書店　キャラ編集部気付
「気がついたら幽霊になってました。」係

■初出一覧
気がついたら幽霊になってました。……書き下ろし

Chara

気がついたら幽霊になってました。

……【キャラ文庫】

2016年9月30日 初刷

著者 成瀬かの

発行者 川田 修
発行所 株式会社徳間書店
〒105-8055 東京都港区芝大門2-2-1
電話 048-451-5960（販売部）
03-5403-4348（編集部）
振替 00140-0-44392

印刷・製本 図書印刷株式会社
カバー・口絵 近代美術株式会社
デザイン 百足屋ユウコ+モンマ蚕（ムシカゴグラフィクス）

ISBN978-4-19-900852-8

投稿小説 大募集

『楽しい』『感動的な』『心に残る』『新しい』小説――
みなさんが本当に読みたいと思っているのは、
どんな物語ですか？
みずみずしい感覚の小説をお待ちしています！

応募のきまり

応募資格

商業誌に未発表のオリジナル作品であれば、制限はありません。他社でデビューしている方でもOKです。

枚数／書式

20字×20行で50～300枚程度。手書きは不可です。原稿は全て縦書きにしてください。また、800字前後の粗筋紹介をつけてください。

注意

❶原稿はクリップなどで右上を綴じ、各ページに通し番号を入れてください。また、次の事柄を1枚目に明記して下さい。
（作品タイトル、総枚数、投稿日、ペンネーム、本名、住所、電話番号、職業・学校名、年齢、投稿・受賞歴）
❷原稿は返却しませんので、必要な方はコピーをとってください。
❸締め切りは特別に定めません。採用の方にのみ、原稿到着から3ヶ月以内に編集部から連絡させていただきます。また、有望な方には編集部からの講評をお送りします。
❹選考についての電話でのお問い合わせは受け付けできませんので、ご遠慮ください。
❺ご記入いただいた個人情報は、当企画の目的以外での利用はいたしません。

あて先

〒105-8055　東京都港区芝大門2-2-1
徳間書店　Chara編集部　投稿小説係

キャラ文庫既刊

英田サキ

［DEADLOCK］シリーズ全3巻 ill：高階 佑
［SIMPLEX DEADLOCK外伝］ ill：高階 佑
［STAY DEADLOCK番外編1］ ill：高階 佑
［AWAY DEADLOCK番外編2］ ill：高階 佑
［恋ひめやも］ ill：小山田あみ
［ダブル・バインド］全4巻
［アウトフェイス ダブル・バインド外伝］ ill：葛西リカコ
［欺かれた男］ ill：乃一ミクロ
［すべてはこの夜に］ ill：笠井あゆみ

秋月こお

［王朝春宵ロマンセ］シリーズ全4巻 ill：唯月 一
［王朝ロマンセ外伝］シリーズ全3巻 ill：唯月 一
［幸村殿、艶にて候］全7巻 ill：九號
［スサの神謡］ ill：稲荷家房之介
［公爵様の羊飼い］全3巻 ill：円屋榎英

洸

［捜査官は恐竜と眠る］ ill：有馬かつみ
［サバイバルな同棲］ ill：和鐵屋匠
［常夏の島と英国紳士］ ill：みずかねりょう
［灼熱のカウントダウン］ ill：小山田あみ
［闇を飛び越えろ］ ill：長門サイチ
［山に住まう優しい鬼］ ill：嵩梨ナオト

いおかいつき

［隣人たちの食卓］ ill：みずかねりょう
［探偵見習い、はじめました］ ill：小山田あみ
［これでも、脅迫されてます］ ill：兼守美行

犬飼のの

［暴君竜を飼いならせ］
［翼竜王を飼いならせ 暴君竜を飼いならせ2］
［水竜王を飼いならせ 暴君竜を飼いならせ3］
ill：笠井あゆみ

鳥城あきら

［檻―おり―］ ill：今 市子

榎田尤利

［歯科医の憂鬱］ ill：高久尚子
［ギャルソンの躾け方］ ill：宮本佳野
［アパルトマンの王子］ ill：緋色れーいち
［理髪師の、些か変わったお気に入り］ ill：二宮悦巳

音理 雄

［先生、お味はいかが？］ ill：三池ろむこ
［犬、ときどき人間］ ill：高久尚子
［親友に向かない男］ ill：新藤まゆり
［最強防衛男子！］ ill：むとべりょう
［俺がいないとダメでしょう？］ ill：榊 空也

華藤えれな

［フィルム・ノワールの恋に似て］ ill：小椋ムク
［黒衣の皇子に囚われて］ ill：Ciel
［義弟の渇望］ ill：サマミヤアカザ
［氷上のアルゼンチン・タンゴ］ ill：嵩梨ナオト

可南さらさ

［左隣にいるひと］ ill：木下けい子
［先輩とは呼べないけれど］ ill：穂波ゆきね
［旦那様の通い婚］ ill：高星麻子

川琴ゆい華

［眠れる森の罪びと］ ill：みずかねりょう

神奈木智

［その指だけが知っている］シリーズ全5巻 ill：小田切ほたる
［ダイヤモンドの条件］シリーズ全3巻 ill：須賀邦彦
［御所泉家の優雅なたしなみ］ ill：円屋榎英
［若きチェリストの憂鬱］ ill：二宮悦巳
［オーナーシェフの内緒の道楽］ ill：新藤まゆり
［愛も恋も友情も。］ ill：香坂あきほ
［月下の龍に誓え］ ill：円屋榎英
［烈火の龍に誓え 月下の龍に誓え2］
［マル暴の恋人］ ill：水名瀬雅良
［恋人がなぜか多すぎる］ ill：高星麻子
［マエストロの育て方］ ill：夏珂
［守護者がめざめる逢魔が時］
［守護者がささやく黄泉の刻 守護者がめざめる逢魔が時2］
［守護者がつむぐ輪廻の鎖 守護者がめざめる逢魔が時3］
［守護者がさまよう記憶の迷路 守護者がめざめる逢魔が時4］ ill：みずかねりょう

楠田雅紀

［史上最悪な上司］ ill：山本小鉄子
［俺サマ吸血鬼と同居中］ ill：Ciel
［やりすぎです、委員長！］ ill：夏乃あゆみ
［二代目の愛は重すぎる］ ill：高緒 拾

ごとうしのぶ

［熱情］ ill：高久尚子

榊 花月

［七歳年下の先輩］ ill：高緒 拾
［暴君×反抗期］ ill：沖銀ジョウ
［どうしても勝てない男］ ill：新藤まゆり

桜木知沙子

［真夜中の学生寮で］ ill：高星麻子
［兄弟にはなれない］ ill：山本小鉄子
［教え子のち、恋人］ ill：高久尚子

佐々木禎子

［アロハシャツで診察を］ ill：高久尚子

キャラ文庫既刊

[仙川准教授の偏愛] ill:新藤まゆり
[妖狐な弟] ill:佳門サエコ

秀 香穂里

[くちびるに銀の弾丸]シリーズ全2巻 ill:祭河ななを
[チェックインで幕はあがる] ill:高久尚子
[誓約のうつり香] ill:海老原由里
[禁忌に溺れて] ill:亜樹良のりかず
[烈火の契り] ill:彩
[他人同士]全3巻 ill:新藤まゆり
[大人同士]
[恋人同士 大人同士2] ill:新藤まゆり
[堕ちゆく者の記録] ill:高階 佑
[桜の下の欲情] ill:汞りょう
[なぜ彼らは恋をしたか] ill:梨とりこ
[闇を抱いて眠れ] ill:小山田あみ
[恋に堕ちた翻訳家] ill:佐々木久美子
[盤上の標的] ill:有馬かつみ
[年下の高校教師] ill:三池ろむこ
[閉じ込める男] ill:葛西リカコ
[ブラックボックス] ill:金ひかる
[双子の秘蜜] ill:高久尚子
[仮面の秘密] ill:小山田あみ
[刻淫の青] ill:砂河深紅
[このカラダ、貸します!] ill:左京亜也
[今日から猫になりました。] ill:北沢きょう
[ウィークエンドは男の娘] ill:高城リョウ

愁堂れな

[身勝手な狩人] ill:蓮川 愛
[コードネームは花嫁] ill:汞りょう
[行儀のいい同居人] ill:小山田あみ
[月ノ瀬探偵の華麗なる敗北] ill:亜樹良のりかず
[法医学者と刑事の相性]
[法医学者と刑事の本音 法医学者と刑事の相性2] ill:高階 佑
[極道の手なずけ方] ill:和鐵屋匠
[捜査一課のから騒ぎ]
[捜査一課の色恋沙汰 捜査一課のから騒ぎ2] ill:相葉キョウコ
[仮面執事の誘惑] ill:香坂あきほ
[家政夫はヤクザ] ill:みずかねりょう
[猫耳探偵と助手]
[猫耳探偵と恋人 猫耳探偵と助手2] ill:笠井あゆみ
[孤独な犬たち] ill:葛西リカコ
[月夜の晩には気をつけろ] ill:兼守美行
[吸血鬼はあいにくの不在] ill:雪路凹子
[ハニートラップ] ill:麻々原絵里依
[あの頃、僕らは三人でいた] ill:yoco
[美しき標的] ill:小山田あみ
[ハイブリッド ~愛と正義と極道と~] ill:水名瀬雅良

菅野 彰

[毎日晴天!]シリーズ1~12巻 ill:二宮悦巳
[高校教師、なんですが。] ill:山田ユギ
[かわいくないひと] ill:葛西リカコ
[1秒先のふたり] ill:新藤まゆり
[愛する] ill:高久尚子
[いたいけな彼氏] ill:湖水きよ

杉原理生

[親友の距離] ill:穂波ゆきね
[きみと暮らせたら] ill:高久尚子
[息もとまるほど] ill:三池ろむこ
[恋を綴るひと] ill:葛西リカコ
[制服と王子] ill:井上ナヲ
[星に願いをかけながら] ill:松尾マアタ
[錬金術師と不肖の弟子] ill:yoco

砂原糖子

[シガレット×ハニー] ill:水名瀬雅良
[灰とラブストーリー] ill:穂波ゆきね

高岡ミズミ

[闇夜のサンクチュアリ] ill:高階 佑
[鬼の接吻] ill:禾田みちる

高尾理一

[鬼の王と契れ]
[鬼の王を呼べ 鬼の王と契れ2]
[鬼の王に誓え 鬼の王と契れ3] ill:石田 要

高遠琉加

[神様も知らない]
[楽園の蛇 神様も知らない2]
[ラブレター 神様も知らない3] ill:高階 佑

田知花千夏

[男子寮の王子様] ill:高星麻子
[はじめてのひと] ill:橋本あおい
[不機嫌な弟] ill:木下けい子

谷崎 泉

[諸行無常というけれど]
[落花流水の如く 諸行無常というけれど2] ill:金ひかる

月村 奎

[そして恋がはじまる]全2巻 ill:夢花 李
[アプローチ] ill:夏乃あゆみ

遠野春日

[華麗なるフライト]
[管制塔の貴公子 華麗なるフライト2] ill:麻々原絵里依
[砂楼の花嫁]
[花嫁と誓いの薔薇 砂楼の花嫁2] ill:円陣闇丸

キャラ文庫既刊

「欲情の極華」 ill：北沢きょう
「獅子の系譜」 ill：夏河シオリ
「獅子の寵愛 獅子の系譜2」 ill：笠井あゆみ
「蜜なる異界の契約」 ill：笠井あゆみ
「黒き異界の恋人」 ill：笠井あゆみ
「真珠にキス」 ill：乃一ミクロ
「疵と蜜」 ill：笠井あゆみ
「鼎愛－TEIAI－」 ill：嵩梨ナオト

中原一也

「仁義なき課外授業」 ill：新藤まゆり
「後にも先にも」 ill：梨とりこ
「居候には逆らえない」 ill：乃一ミクロ
「親友とその息子」 ill：兼守美行
「双子の獣たち」 ill：笠井あゆみ
「野良犬を追う男」 ill：水名瀬雅良
「ブラックジャックの罠」 ill：小山田あみ
「媚熱」 ill：みずかねりょう
「検事が堕ちた恋の罠を立件する」 ill：水名瀬雅良
「悪癖でもしかたない」 ill：高緒 拾
「負け犬の領分」 ill：新藤まゆり
「愛と獣－捜査一課の相棒－」 ill：みずかねりょう

凪良ゆう

「恋愛前夜」 ill：穂波ゆきね
「求愛前夜 恋愛前夜2」 ill：高久尚子
「天涯行き」 ill：小山田あみ
「おやすみなさい、また明日」 ill：葛西リカコ
「美しい彼」 ill：草間さかえ
「ここで待ってる」 ill：木下けい子
「初恋の嵐」

成瀬かの

「世界は僕にひざまずく」 ill：高星麻子
「気がついたら幽霊になってました。」 ill：yoco

西野 花

「溺愛調教」 ill：笠井あゆみ
「陰獣たちの贄」 ill：北沢きょう

鳩村衣杏

「両手に美男」 ill：乃一ミクロ
「友人と寝てはいけない」 ill：小山田あみ
「歯科医の弱点」 ill：佳門サエコ
「学生服の彼氏」 ill：金ひかる

樋口美沙緒

「八月七日を探して」 ill：高久尚子
「他人じゃないけれど」 ill：穂波ゆきね
「狗神の花嫁」 ill：高星麻子
「花嫁と神々の宴 狗神の花嫁2」
「予言者は眠らない」 ill：夏乃あゆみ
「パブリックスクール－檻の中の王－」
「パブリックスクール－群れを出た小鳥－」
「パブリックスクール－八年後の王と小鳥－」 ill：yoco

火崎 勇

「荊の鎖」 ill：麻生 海
「満月の狼」 ill：有馬かつみ
「刑事と花束」 ill：夏珂
「足枷」 ill：Ciel
「龍と焔」
「理不尽な求愛者」 ill：いさき李果
「理不尽な恋人 理不尽な求愛者2」 ill：駒城ミチヲ
「ラスト・コール」 ill：石田 要

「哀しい獣」 ill：佐々木久美子
「ぬくもりインサイダー」 ill：みずかねりょう
「リインカーネーション～胡蝶の恋～」 ill：水名瀬雅良
「悪党に似合いの男」 ill：草間さかえ
「カウントダウン！」 ill：高緒 拾

菱沢九月

「小説家は懺悔する」シリーズ全3巻 ill：高久尚子
「セックスフレンド」 ill：水名瀬雅良
「ケモノの季節」 ill：汞りょう
「年下の彼氏」 ill：穂波ゆきね
「好きで子供なわけじゃない」 ill：山本小鉄子
「飼い主はなつかない」 ill：高星麻子

松岡なつき

「NOと言えなくて」 ill：果桃なばこ
「WILD WIND」 ill：雪舟 薫
「FLESH&BLOOD①～㉔」 ill：①～⑪雪舟 薫／⑫～彩
「FLESH&BLOOD外伝 －女王陛下の海賊たち－」 ill：彩
「FLESH&BLOOD外伝2 －祝福されたる花－」 ill：彩
「H・K《ホンコン》ドラグネット」全4巻 ill：乃一ミクロ
「流沙の記憶」 ill：彩

水原とほる

「青の疑惑」 ill：彩
「午前一時の純真」 ill：小山田あみ
「金色の龍を抱け」 ill：高階 佑
「災厄を運ぶ男」 ill：葛西リカコ
「義を継ぐ者」 ill：高階 佑
「夜間診療所」 ill：新藤まゆり

キャラ文庫既刊

〈2016年9月27日現在〉